QUAND LE DIABLE S'EN MÊLE

« Quand le Diable s'en mêle »

Pièce de Dorian Bérard

© 2023, Dorian Bérard
Édition : BoD – Books on Demand, info@bod.fr
Impression : BoD – Books on Demand, In de Tarpen 42, Norderstedt (Allemagne)
Impression à la demande
ISBN : 978-2-3224-8148-4
Dépôt légal : juin 2023.

Table des matières

Table des matières 6

Remerciements : 8

Acte I, Scène 1 10

Acte I, Scène 2 13

Acte I, Scène 3 17

Acte I, Scène 4 23

Acte I, Scène 5 30

Acte I, Scène 6 34

Acte II, Scène 1 37

Acte III, Scène 1 38

Acte III, Scène 2 57

Acte III, Scène 3 60

Acte III, Scène 4 64

Acte III, Scène 5 73

Acte IV, Scène 1 74

Acte V, Scène 1 76

Acte V, Scène 2 85

Acte V, Scène 3 91

Acte V, Scène 4 95

Acte V, Scène 5 100

Acte VI, Scène 1 105

Remerciements :

Je remercie mes amis qui m'ont accompagné et soutenu dans l'écriture de cette pièce.

Je remercie également ma professeure de français, pour m'avoir prodigué ses conseils et son aide en vue de la finalisation de cet œuvre.

Acte I, Scène 1

Jeyna et Berta

Dans la demeure des Welson, au sein du Comté de Norwich en Angleterre, Berta, la servante du Marquis de Lowestoft, arrive en criant cherchant Dame Jeyna Welson, la fille dudit Marquis. Cette dernière lit tranquillement dans la bibliothèque.

Berta

Madame ! Madame ! *(Crie-t-elle en courant, essoufflée)*

Jeyna

Je suis là Berta ! Et veuillez-vous calmer je vous prie, nous ne sommes pas dans un cirque ici que je sache. Respirez, et dites-moi ensuite ce qui se passe *(long silence jusqu'à ce que Berta reprenne son souffle)*.

Berta

Vous savez à quel point j'aime écouter aux portes, n'est-ce pas Miss Jeyna ?

Jeyna

Oui Berta, bien sûr que je le sais. Cela peut d'ailleurs être *« productif »* parfois, enfin, passons. J'en déduis que vous avez entendu quelque chose de très intéressant, dites-moi tout *darling*. Que se passe-t-il donc cette fois-ci ?

Berta

Vous ne serez pas déçue je vous le promets. J'étais en train de faire le ménage, dans la chambre d'ami, celle où le décorateur d'intérieur est venu pour changer les tapisseries, même si avouons-le il aurait pu mieux faire.

Jeyna

Berta je ne pense pas que cela soit pour me parler de votre *terrible* mauvais goût de décoration que vous soyez venu, dépêchez-vous de me dire ce dont vous vouliez tant me faire part. Je n'ai pas votre temps vous savez, alors s'il-vous-plaît, arrêtez donc de bavasser et dites-moi ce que vous avez entendu.

Berta

Oui, oui, madame, bien sûr. Eh bien, voyez-vous, j'étais en train de faire le ménage quand j'entendis la sonnette d'entrée, ce qui n'était pas normal car on n'attendait personne. Je suis donc allé voir pour savoir qui c'était, et vous ne devinerez jamais qui j'ai vu ! *(S'exclama-t-elle en souriant et gloussant joyeusement)*

Jeyna

Mais voyons, arrêtez donc toutes ces cachoteries ! Qui était donc cette mystérieuse personne ?

Berta

C'était... *(Dit-elle doucement, un sourire narquois aux lèvres)* le majordome de Sa Majesté, la Reine Victoria *(finit-elle avec un immense sourire se dessinant sur son vieux visage ridé)*.

Jeyna

(Ouvre de grands yeux, tout en souriant, montrant ainsi ses dents d'un blanc éclatant) Oh je vois. Eh bien eh bien... Moi qui pensais que cela allait être une journée banale et ennuyeuse, mais... On dirait bien que nous allons nous amuser finalement. Berta dites-moi tout je vous prie, je veux savoir tout ce que vous avez pu entendre.

Berta

Avec plaisir madame, ça vaut le coup je peux vous l'assurer. Si nous commencions par parler de la fameuse lettre de la Reine à votre cher père, au sujet d'une certaine récompense...

Jeyna

Oh Berta, qu'est-ce que je ferais sans vous...

Acte I, Scène 2

Jack Welson et le Marquis Belgmor

Toujours au Manoir des Welson, cette fois-ci dans le jardin intérieur, Jack Welson observe les plantes, effleurant de ses longs doigts les pétales d'un rouge éclatant de ses roses. C'est là qu'arrive le Marquis de Lowestoft, cherchant désespérément sa servante Berta qui a disparu.

Marquis Belgmor

Berta ! Berta ! Mais où êtes-vous donc passée bon sang de bonsoir ?! Je me retourne une seconde et vous disparaissez sans laisser de traces. Berta !

Jack

Monsieur le Marquis je vous prierais de ne pas crier en ces lieux, vous êtes chez moi au cas où vous l'auriez oublié. Alors un peu de calme, surtout ici, ce jardin est mon domaine, alors... retenez-vous *(déclara-t-il avec dédain)*.

Marquis Belgmor

Je ne me calmerai que quand j'aurais retrouvé Berta, cela commence à sérieusement m'énerver qu'elle disparaisse comme ça à tout va pour aller je ne sais où !

Jack

Peut-être que cela n'arriverait pas si vous ne lui laissiez pas autant de liberté, surtout pour une simple gouvernante dans son genre.

Marquis Belgmor

Votre insolence à mon égard me déplaît fortement Vicomte Welson, vous êtes peut-être le mari de ma fille chérie mais vous me devez néanmoins le respect. N'oubliez surtout pas où est votre place ou sinon...

Jack *(le coupe)*

Ce que vous ressentez, ou pensez, m'importe peu *monsieur le Marquis*, vous êtes dans ma demeure. Ici, quel que soit votre titre ou votre rang, je fais ce qui me convient. Votre avis, ainsi que votre opinion ne m'intéressent point.

Marquis Belgmor

Comment osez-vous vous donc me parler de la sorte *petit aristo de bas-étage*. En tant que Vicomte vous me devez, à moi le Marquis de Lowestoft propriétaire légitime de ces terres que vous chérissez tant, le respect et l'hospitalité, deux qualités qui, apparemment, vous font cruellement défaut. Alors je vous prierais donc de vous taire et de me dire immédiatement où se trouve ma *simple gouvernante*, vous qui semblez savoir tout ce qui se passe dans votre... demeure *(dit-il tout en balayant le jardin intérieur d'un mouvement de bras)*.

Jack

Il est vrai qu'en tant que Vicomte, je vous dois normalement le respect, mais... comme vous devez le savoir, je ne suis pas le genre de personne à m'aplatir devant les gens de votre rang pour un rien. C'est un plaisir dont je ne vous ferai point l'honneur, alors si vous voulez retrouver votre... *servante*, allez la chercher vous-même. Je vous en prie, visitez le manoir de fond en comble si vous voulez, tant que vous ne cassez rien bien sûr, je tiens énormément aux meubles et aux autres trésors de ce manoir, même si leur valeur n'est sûrement pas à la hauteur de votre goût si *raffiné*. Et si vous voulez savoir où est votre *fille chérie,* Jeyna, elle se trouve actuellement dans la bibliothèque. Peut-être qu'elle saura vous dire, elle, où se trouve votre gouvernante pour le moins gâteuse. En attendant je vous demanderais de me laisser seul avec mes roses, nous savons très bien tous les deux que votre présence n'est en aucun cas, nécessaire.

Marquis Belgmor

Un jour vous verrez, vous serez châtié pour votre insolence, le Seigneur est du côté des nobles et non des traînes misères dans votre genre. Enfin, vous avez au moins raison sur un point, ma présence n'est pas nécessaire. Je n'ai pas de temps à perdre avec les personnes de votre rang, vous n'êtes qu'un Vicomte sans importance qui se croit digne d'une fille de marquise. Si j'avais su plus tôt quel homme vous étiez réellement, jamais je ne vous aurais offert sa main ! *(Crie-t-il)* Enfin, cela est sans importance à présent, je vais vous laisser à vos... occupations, *Vicomte*. Au plaisir de ne point vous revoir de sitôt.

Jack

Au plaisir également monsieur le Marquis mais avant que vous ne partiez, j'aimerai vous poser une question. J'ai cru ouïr que l'on venait de vous annoncer une nouvelle particulièrement intéressante je suis assez curieux de savoir laquelle...

Marquis Belgmor

Comment pouvez-vous être au courant de cela ? Peu importe. Ce n'est rien qui vous concerne et dont j'ai envie de vous faire part. Retournez à vos fleurs, *Vicomte*.

Jack

Je ne me répéterai pas monsieur le Marquis. Dites-le-moi, ou sinon, je raconterai à votre très chère fille votre petit secret...

Marquis Belgmor

Si vous osez faire ça, je jure que...

Jack

Tatata ! Pas de menace je vous prie ! Il ne faudrait tout de même pas que votre fille nous entende *(murmura-t-il avec un léger sourire tout en faisant signe de se taire)*. Rassurez-vous je ne dirais rien mais je veux savoir ce que vous me cachez, alors... Quelle... est... cette... nouvelle ? (*Demanda-t-il de manière hachée*)

Marquis de Belgmor *(renfrogné)*

Soit. Si vous tenez tant à le savoir. Mais avant que je vous en fasse part, je vous demanderais de ne pas l'ébruiter tant que tout cela ne sera pas officialisé. Est-ce bien clair ?

Jack

Bien évidemment monsieur le Marquis, cela va de soi ! *(S'exclama-t-il ironiquement)*

Marquis Belgmor

Alors voilà la nouvelle que vous tenez tant à savoir : ce matin, vers neuf heures très précisément, je le sais car c'est l'heure de ma séance d'escrime, j'ai eu un visiteur inattendu.

Jack

Et qui était donc ce visiteur inattendu ?

Marquis Belgmor

La Majordome de Sa Majesté, la Reine Victoria d'Angleterre. Celui-ci était venu me remettre une lettre manuscrite de la part de la Reine elle-même ! Elle m'informait d'une nouvelle des plus inattendue, plus inattendue encore que l'arrivée de cette lettre de Sa Majesté.

Jack

Je vois je vois... Et bien tout cela commence à devenir très intéressant... Mais je vous en prie, asseyez-vous donc avec moi ! L'endroit est parfait pour discuter et je sens que nous avons beaucoup à nous dire tous les deux...

Acte I, Scène 3

Patrick et Comte Leroy

Dans la demeure des Malln, Patrick dessine sur son carnet, dans le jardin de roses rouges, quand son oncle débarque, souriant, tenant une lettre ouverte dans les mains

Patrick

Aaah ! Quel splendide paysage, et quel climat ! Toutes les conditions sont réunies pour être tranquille et dessiner *(s'écrie-t-il joyeusement).*

Comte Leroy

Mon cher et tendre neveu, j'ai une nouvelle des plus importantes et fascinantes à te dire *(dit-il avec un sourire radieux, tout en s'approchant de lui).*

Patrick

Bien le bonjour mon oncle. Qu'elle est donc cette nouvelle si importante et...*fascinante*, dont vous voulez tant me faire part *(dit-il d'un ton las, tout en commençant à écrire dans son carnet vieux carnet en cuir)* ?

Comte Leroy *(S'assoit à côté de lui sur le même banc)*

Vois-tu mon cher neveu, je viens de recevoir une lettre des plus intéressantes il y a quelques minutes, de la part de la Reine elle-même.

Patrick

Et qu'y a-t-il donc de si intéressant dans cette « fameuse » lettre, pour que vous fassiez toute cette scène ?

Comte Leroy

Allons Patrick, qu'as-tu donc aujourd'hui ? Pourquoi cette mine renfrognée ? Cette nouvelle devrait normalement t'exciter, je te signale que c'est une lettre de Sa Majesté, la Reine Victoria. Tu ne trouves donc pas cela intéressant ?

Patrick

Pas le moins du monde. Et puis si ça se trouve ce n'est même pas la Reine en personne qui l'a écrite mais l'un de ses nombreux serviteurs. Je ne vois donc pas en quoi cela pourrait être si... excitant *(dit-il d'un ton las, tout en continuant à dessiner d'un geste lent et tranquille).*

Comte Leroy

Oh quel pessimiste tu fais ! Tu ne peux donc pas imaginer une seule seconde que c'est la Reine, elle-même, qui a écrit cette lettre ? Et puis cela a tout d'intéressant. Tu comprendras quand je te la lirais *(dit-il tout en repositionnant correctement ses lunettes rondes sur son nez).*

Patrick

Si cela vous fait plaisir *(dit-il d'un ton tout aussi lasse).*

Comte Leroy

Hum, hum ! *(Se racle la gorge)* Alors voilà ce qui est écrit :

« *Comte Leroy Malln,*

À la suite de votre juste politique, je vous offre la possibilité et l'honneur, de devenir mon principal conseiller. Vous aurez l'obligeance de venir le quinze août à ''Buckingham Palace'' pour acquérir la « Divine Medal », comme symbole de votre réussite.

Avec tout mon humble respect,

Sa Majesté, Reine Victoria d'Angleterre. » *(Finit-il par dire d'un ton solennel)* Alors ? Tu trouves toujours que cela n'a rien d'intéressant ?

Patrick

Tout à fait, si ça se trouve ce n'est qu'une farce que l'on vous fait, ce ne serait pas la première. Et puis si ça se trouve vous n'êtes pas le seul qui a reçu une telle lettre de la Reine.

Comte Leroy *(le fixe les yeux plissés, sans un mot, puis murmure)*

Bien, c'est bon j'ai compris. Ce n'est pas le moment, tu préfères rester seul, soit. Je vais te laisser, nous en reparlerons au dîner quand tu seras d'humeur *(se lève et commence à partir, puis s'arrête se tournant vivement vers Patrick)*. Au fait, j'ai oublié de te dire une chose. J'ai invité pour le dîner de ce soir certains aristocrates de Norwich pour leur faire part de cette *extraordinaire* nouvelle, dont les Welson bien sûr avec ton *meilleur ami* Jack *(dit-il d'un ton dégoûté)*.

Patrick

Je suppose que vous organisez cette réception dans le seul but d'en profiter pour leur en mettre plein la vue, tout en exagérant les dires de la Reine écrits dans cette lettre afin de vous faire bien voir d'eux. Ça vous permettra de les remettre une bonne fois pour toute à leur juste place, eux qui vous ont toujours pris de haut. Est-ce bien cela ?

Comte Leroy

On voit là que tu me connais bien mon cher neveu *(dit-il en souriant, faisant ainsi ressortir ses nombreuses rides au visage)*. Oh ! Et je compte bien sûr sur toi pour être à l'heure ce soir Patrick, après tout le Marquis de Lowestoft sera là lui aussi. Maintenant, je te prie de m'excuser mais je dois aller vérifier les préparatifs de la somptueuse fête de ce soir, où je vais annoncer à tous ces prétentieux que je vais devenir le conseiller de Sa Majesté, la Reine Victoria.

Patrick

Mon oncle, j'ai une question à vous poser avant que vous ne partiez. *(dit-il en se levant et faisant ainsi face à son oncle).*

Comte Leroy

Oui, bien sûr Patrick. Que veux-tu donc savoir ?

Patrick

Pourquoi avez-vous invité les Welson, à cette *somptueuse* fête ?

Comte Leroy

Pourquoi donc cette question Patrick ? Il est tout à fait normal que je les invite eux-aussi pour leur annoncer la merveilleuse nouvelle.

Patrick

Mon oncle ne jouait pas à ça avec moi. C'est de notoriété publique que vous et les Welson vous vous détestez depuis toujours. Et je sais qu'en temps normal, même pour leur faire part de cette *merveilleuse* nouvelle, vous ne les auriez jamais invités, surtout pas Jack. Alors je vous repose ma question, pourquoi avoir invité les Welson à la fête de ce soir ?

Comte Leroy

Tout simplement pour te faire plaisir Patrick. N'est-ce pas évident ? *(Dit-il en souriant)* Enfin pour ce qui est de Jack bien sûr, même s'il est vrai que je le méprise lui et sa manière de prendre tout le monde de haut. Je le préférais petit, comment quelqu'un peut changer autant... Enfin bref, je disais donc qu'après pour ce qui était de Jeyna, elle, c'est justement parce que je la déteste que je l'aie invitée. Ah... J'ai tellement hâte de voir sa tête se décrépir sous le choc de cette merveilleuse nouvelle, cela sera un spectacle des plus fantastique.

Patrick

Cela ne m'étonne pas de vous, mais pourquoi pensez-vous donc que cela me fera autant plaisir de voir Jack ?

Comte Leroy

Voyons Patrick, ne joue pas à ça avec moi tu sais très bien pourquoi. Enfin passons, il est temps que j'aille tout préparer pour ce soir *(examine sa montre à gousset qu'il sort de sa poche intérieur)*. Regarde-moi ça, par ta faute je suis en retard pour mon rendez-vous avec le traiteur, je suis resté plus longtemps que prévu avec toi. Bien je te dis au revoir alors mon adorable neveu et je te souhaite une bonne fin d'après-midi, j'espère que tu arriveras à bien dessiner. A ce soir et n'oublie pas, ne sois pas en retard. Je compte sur toi, tu représentes l'héritage de notre famille, mon héritage, alors ne me déçoit surtout pas pendant la fête de ce soir, à quelque moment que ce soit *(dit-il sans un regard en arrière, tout en repartant vers le Manoir, côté gauche de la scène)*.

Patrick

Ne vous inquiétez pas mon oncle, je ne vous décevrai pas *(dit-il silencieusement sans regarder son oncle partir)*.

***

Patrick observe le lac bleu, qui se trouve au large du Manoir. C'est là qu'il jeta un coup d'œil au manoir, il ressemble à un immense soleil dans le ciel bleu azur, avec ses pierres rouges, et ses tuiles noires. Et c'est à ce moment précis que Patrick a l'impression de voir une ombre à travers la fenêtre de sa chambre. Une ombre sombre et noire, dont les yeux d'un rouge sang écarlate brillaient dans l'obscurité, il eut également l'impression que cette ombre fixait de ses yeux ensanglantées son oncle montant les marches de la terrasse. Mais avant que Patrick ne puisse dire quoi que ce soit, il fut tiré de ses pensées par les cris de son oncle, dont la veste avait été tâchée par une crotte de pigeon passant par là. Quand Patrick jeta de nouveau le regard vers la fenêtre de sa chambre, l'ombre sombre et effrayante qui se trouvait là avait disparu. Il pensa alors que ce n'était là que son imagination qui lui jouait des tours et retourna tranquillement à ses dessins, sans se soucier de cette image fantomatique effrayante qui...contrairement à ce qu'il croyait, était bien plus réelle que tout et que son apparition ne signifiait qu'une seule chose, la fin...

Acte I, Scène 4
Marquis Belgmor, les Welson, et Berta

Après avoir fini chacun les conversations qu'ils avaient entre eux, ils quittèrent leurs pièces respectives pour tous se rejoindre sans le savoir dans le grand salon, là commence une réunion familiale des plus mouvementée...

Jeyna

Oh Berta, je vous adore vous savez ! Mais au fait, que devenez-vous ? Moi je dois dire que j'étais quelque peu déprimée ce matin, je n'ai pas réussi à trouver la bague que je recherchais, c'était une bague en argent, sertie de pierres vertes, très belle ! Malheureusement, quelqu'un est passé avant moi.

Berta

Je pense que vous voulez parler de la « Natwee-Orey », pour ce qui est des pierres vertes se sont des émeraudes madame. Et c'est certes une bague très belle mais presque unique, il est quasiment impossible d'en obtenir vous savez ? Et puis *(est interrompue par l'arrivée de Jack et du Marquis Belgmor, qui déboulent dans la pièce continuant eux-aussi leurs conversations comme si de rien n'était, sans se rendre compte au départ de la présence de ces deux dames)* ...

Ils entrent

Marquis Belgmor

En tout cas monsieur le vicomte, j'espère de vous que vous serez resté discret, je ne voudrais pas que tout cela s'ébruite. Je préfère garder encore la surprise pour le moment.

Jack

Bien évidemment monsieur le Marquis, il en va de soi. Ne vous inquiétez pas je saurai tenir ma langue *(aperçoit les deux dames non loin qui les observe d'un air curieux, prenant un ton arrogant tout en haussant légèrement la voix pour que Jeyna et la servante l'entendent)* ... Mais néanmoins, la prochaine fois tachez d'être plus discret *beau-père*. Il ne faudrait pas qu'une personne mal intentionnée entende pendant un moment d'inadvertance de votre part ce que vous cachez si précieusement de tout le monde. Mais tiens, qui voilà donc ! Ma chère et tendre Jeyna, et la vieille bique !

Marquis Belgmor

Comment ? *(Détourne le regard de Jack, pour voir là où celui-ci regardait, et aperçoit bouche bée et choqué sa fille et sa servante)* Oh mon dieu, non...

Berta

Qui osez-vous traiter de vieille bique ?! J'ai le double de votre âge jeune homme et je vous demanderai de me parler avec respect.

Jack

Vraiment ? Et c'est une simple servante qui ose me demander cela, ha ! On aura donc tout vu. Pour moi toutes les bonnes sont les mêmes, je les traite toutes de la même façon, aucun favoritisme de ma part. Et le fait que vous soyez plus vieille que moi ne change rien à cela. Alors, *vieille bique*, soit vous vous taisez et vous restez avec nous, soit vous partez. Vous choisissez...

Berta

Sale gamin arrogant et vaniteux, vous n'êtes qu'un petit blanc bec qui se croit meilleur que tout le monde, vous ne méritez pas d'être avec Madame, vous n'êtes qu'un...

Jeyna

Berta ! Cela suffit. Tais-toi je te prie et laisse-nous, j'aimerais avoir une conversation avec mon père et Jack, seul à seul.

Berta

Mais madame...

Jeyna

En privé.

Berta

Bi... bien, madame. Comme vous voudrez, je vous *laisse (est choquée de la réaction de Jeyna, s'en allant rapidement vers l'entrée du manoir à droite de la scène, et jette au passage un regard noir à Jack, qui la regarde un sourire moqueur au visage).*

Jack

Voilà une chose de faite. Maintenant Jeyna, si nous discutions *(lui jette également un regard noir).*

Jeyna

Tais-toi Jack, tu m'exaspères au plus haut point avec ton air hautain. C'est déjà un supplice de te supporter à longueur de temps mais en plus tu viens de m'obliger à congédier Berta.

Jack

Oh... vraiment ? Ça me fait tellement de peine que tu dises cela... Hahaha, voyons Jeyna, je pensais que c'était pour cela que tu m'aimais et puis pour ce qui est de la vieille chouette qui te sert de servante, je n'ai fait que te rendre service ma chérie, elle ne vaut pas la peine que tu t'intéresses à elle.

Jeyna

Ah, parce que tu t'intéresses de ce qui m'arrive et de qui je fréquentes maintenant ? C'est nouveau mais de toi cela ne devrait pas m'étonner, tu as toujours été long à la détente.

Jack

Voyons Jeyna, je me suis toujours intéressé à toi, comment peux-tu en douter une seule seconde *(dit-il avec un sourire angélique)* !

Jeyna

Quel hypocrite tu fais mais passons. Ce n'est pas de cela dont je veux que nous discutions tous les trois.

Marquis Belgmor

Si ce n'est pas des nombreux défauts et de l'insupportable caractère de ton *cher mari* dont tu veux que nous discutions, de quoi donc veux-tu que l'on parle, ma petite Jeyna ?

Jack

Peut-être de votre ligne monsieur le Marquis, car il me semble bien que vous avez pris quelque peu du poids depuis notre dernière rencontre. Ce n'est pas bien de manger trop de chouquettes entre les repas vous savez ? Vous devriez faire plus attention.

Marquis Belgmor

Fermez-là Vicomte, votre voix est un supplice à mes oreilles.

Jack

Et c'est le vieux bouc qui me sert de beau-père qui me dit ça *(répondit-il en rigolant, tout en secouant la tête, désespéré)*.

Jeyna

Cela suffit, maintenant ! J'ai l'impression de voir deux gamins qui se disputent pour une boîte de friandises ! Vous êtes vraiment irrécupérables ! Taisez-vous et écoutez-moi pour une fois bon sang de bonsoir ! *(Jack et le Marquis regarde Jeyna, choqués par tant de violence, ne disant plus un mot. Celle-ci reprend alors la parole)* Bien maintenant que je vous ai enfin cloué le bec, si nous discutions *(va prendre un verre qu'elle remplit de vin avant d'aller s'asseoir sur un fauteuil de la pièce)*.

Jack

Alors ? De quoi veux-tu si expressément nous parler pour que tu te mettes dans de tels états ? *(Le Marquis Belgmor reste silencieux, observant la scène)*

Jeyna

Je voulais discuter avec vous d'une chose des plus importantes, la fameuse récompense de la Reine Victoria *(le Marquis -les yeux grands ouverts- regarde bouche-bée Jeyna, tandis que Jack hausse les sourcils et sourit montrant ses dents d'un blanc parfait)*.

Marquis Belgmor

Qu... Co...comment...comment es-tu donc au courant ?... *(Bégaya le Marquis, Jeyna le regarde d'un air désespéré, roulant des yeux)*

Jeyna

Voyons père, depuis le temps vous devriez savoir que tout finit par s'apprendre dans notre famille, surtout des choses aussi importantes. Ne me dis pas que tu pensais pouvoir garder cela secret ? Haha... comme c'est mignon... *(dit-elle entre deux gorgées de vin rouge)*.

Jack

Et après tu oses te demander pourquoi je suis avec toi, hein ? *(Dit Jack en regardant Jeyna, un sourire en coin, celle-ci l'ignore, lui jetant juste un simple coup d'œil)*

Jeyna

Bien, maintenant que vous savez ce que je sais, si nous parlions tous les trois. Je suis sûr que ce que je sais d'autre vous intéressera tous les deux. Et puis... mon cher père, j'aimerais vous signaler une chose. Quoi que vous fassiez sachez que je suis toujours au courant de tout et que cette... « récompense », qui est, à mon humble avis non mérité, je compte bien me l'approprier. Alors je vous conseille de ne pas vous mettre en travers de mon chemin ou alors il y aura des conséquences *(finit-elle par dire, finissant son verre de vin qu'elle pose délicatement sur la table à côté d'elle. Elle s'installe confortablement dans son fauteuil).*

Marquis Belgmor

Plaît-il ? *(Répondit-il d'un ton qui se veut menaçant, mais qui ne cause aucune réaction chez sa fille)*

Jeyna

Vous m'avez très bien compris *père*. Bien et si nous commencions à présent... *(Elle fit signe à Jack et à son père de s'asseoir aux fauteuils à côté d'elle, ce qu'ils firent immédiatement)* Il faut que je vous parle à tous les deux, d'un problème qui nous concerne tous les trois. Car, je me doute parfaitement que vous désirez également tous les deux la médaille *(dit-elle les regardant tour à tour, sans aucune réponse de leur part).* Un problème des plus... ennuyeux à vrai dire.

Jack

Vraiment ?

Jeyna

Oui, parfaitement.

Marquis Belgmor

Et ce... « problème », a-t-il un nom ?

Jeyna

Oui, un nom des plus singuliers même, que nous connaissons très bien tous les trois *(réplique-t-elle, tout en sortant une lettre froissée des pans de sa robe).* Et ce nom n'est autre que celui du Comte Leroy...

Acte I, Scène 5

Comte Leroy, Vicomte de Dorin, Vicomtesse de Dorin et Patrick

Au Manoir des Malln, le Vicomte de Dorin, l'un des « chiens de garde » de la Reine, et sa femme la Vicomtesse de Dorin, arrivent sans prévenir à bord de leur calèche, voulant être en avance pour la soirée qui va se dérouler le soir même. Ils sont prestement accueillis aux abords du jardin par le Comte Leroy...

Vicomte de Dorin

Alors voilà donc le fameux Manoir des Malln *(dit-il d'un ton fatigué en regardant le manoir du Comte Leroy, tout en descendant de la calèche).*

Vicomtesse de Dorin

Qu'elle est donc cette demeure ? Des tuiles noires associées avec des murs couleur brique, une affreuse faute de goût ! *(S'exclame-t-elle d'un ton dégoûté tout en descendant elle aussi de la calèche à la suite du Vicomte)*

Le Comte Leroy *(arrive, sortant des jardins)*

Mais regardez qui voilà ! Le Vicomte et la Vicomtesse de Dorin qui me font l'honneur de leur présence ! Mais dites-moi, que faites-vous donc déjà là ? Je ne vous attendais pas avant ce soir.

Vicomte de Dorin

Nous préférons arriver en avance, c'est une habitude que nous avons prise avec Elizabeth -*la Vicomtesse de Dorin, sa femme*-.

Vicomtesse de Dorin

Oui et au moins comme ça on peut voir l'endroit avant que celui-ci soit « habillé » de haut en bas, pour que les invités le trouvent majestueux. Ainsi, on peut voir la demeure et les nobles y habitant tels qu'ils sont... réellement *(dit-elle en regardant les habits dont le Comte Leroy est vêtu, toujours avec une expression de dégout)* sans...parure.

Comte Leroy

Je vois mais dites-moi quels merveilleux habits vous portez là ! Ce sont les mêmes que ceux que j'ai vu l'autre jour à la brocante du coin, c'est néanmoins une belle pièce *(la Vicomtesse le regarde outrée)*. Enfin, si nous allions prendre une tasse de thé, maintenant que vous êtes là il serait irrespectueux de ma part de vous laisser tout seul ou de vous demander de repartir. Si vous voulez bien me suivre monsieur le Vicomte, madame la *Vicomtesse...*

Vicomte de Dorin

Bien évidemment monsieur le Comte, cela sera un plaisir de boire un thé avec vous.

Vicomtesse de Dorin

J'espère que ce n'est pas un thé asiatique, j'ai horreur de leur goût et de leur odeur, c'est absolument abject !

Comte Leroy

Oh ! Que Madame m'excuse alors, car nous n'avons que de celui-là ici. Les temps sont durs vous savez et nous préférons largement les délices venant d'Asie ici. Ça fait tellement...original. Le thé anglais est devenu tellement cliché de nos jours !

Vicomtesse de Dorin

Hum ! Si vous le dites monsieur le Comte...

Vicomte de Dorin

Cela s'annonce intéressant ! J'ai hâte de voir ce que vous allez nous proposer Comte Leroy. *(Le comte va parler mais il est coupé par l'un de ses serviteurs, celui-ci lui murmurant quelque chose à l'oreille)*

Comte Leroy

Je vois c'est assez problématique... *(Reporte de nouveau son attention sur le Vicomte et sa femme)* Je suis sincèrement désolé monsieur le Vicomte, mais nous avons un léger souci par rapport à la fête de ce soir que je dois impérativement aller régler. Vous allez devoir boire ce thé d'Asie tout seul. Je risque d'être absent un long moment, nous nous reverrons sûrement à la fête de ce soir. Enfin, je vous souhaite néanmoins une bonne soirée.

Vicomtesse de Dorin

Ce n'est pas comme si on n'était pas habitués à force, je vous trouve désobligeant Comte, c'est... irritant.

Vicomte de Dorin

Bonne soirée à vous aussi Comte et ne vous en faites pas pour nous ! Nous en profiterons pour jeter un coup d'œil aux préparatifs d'un œil... extérieur. Filez ! Le devoir vous appelle !

Comte Leroy

Merci, monsieur le Vicomte, votre avis est le bienvenu comme toujours. Bonne soirée à vous. *(Il part)*

Vicomte de Dorin

Bien et si nous allions voir ce fabuleux jardin que voilà à présent !

Vicomtesse de Dorin

Vous pouvez y aller si vous voulez, je pense personnellement que je vais rentrer. Il fait une chaleur étouffante ici, c'est affreux ! *(Râla-t-elle en déployant son éventail)*

Vicomte de Dorin

Allons Elizabeth, vous ne pouvez pas arrêter une seconde de vous plaindre et profiter de ce splendide paysage !

Vicomtesse de Dorin

Pff ! Quel intérêt ? C'est le passe-temps des gens de bas-étages. Je préfère de loin m'installer sur un fauteuil et lire un bon livre en dégustant du *vrai* thé, british, et pas ce truc asiatique de pauvres, plutôt qu'aller courir sur l'herbe comme une sauvage. Aller donc vous prélasser au soleil si vous le désirez, moi je vais rentrer. *(Se tourne pour rentrer dans le manoir marmonnant dans son coin)* Profiter du paysage, hum ! Quelle stupidité !

Vicomte de Dorin

Bien tant pis, allons donc voir ce jardin de roses à présent ! *(Il part pour le jardin)*

Acte I, Scène 6

<u>Patrick, Vicomte de Dorin</u>

Dans le jardin de roses du manoir Leroy, le Vicomte de Dorin entre pour l'admirer quand il aperçoit Patrick assis sur le banc en face du lac. Il s'approche de lui qui le voit et tourne la tête dans un souffle d'exaspération

Vicomte de Dorin

Oh mais regarder qui je vois là ! Le neveu du Comte, comment allez-vous mon cher Patrick ? Je ne pensais pas vous trouver ici.

Patrick

Bonjour monsieur le Vicomte. Je vais bien merci. Mais que nous vaut donc votre visite si tôt ? Vous êtes en avance pour la petite fête de mon père.

Vicomte de Dorin *(s'assoit à côté de Patrick)*

Je sais mon petit Patrick, voyez-vous ma chère Elizabeth et moi préférons toujours arriver en avance pour ce genre de fête. On trouve cela plus...profitable. *(Dit-il tout en cueillant une rose rouge et la humant délicatement)*

Patrick

Je vois... Tant mieux pour vous alors monsieur le Vicomte.

Vicomte de Dorin

Excusez-moi mais... je vois que vous êtes en habits de... Quel est le terme populaire déjà ? Ah oui en « pingouin » ! Pourquoi donc une telle... exagération ? Je trouve cela assez étrange.

Patrick

Eh bien... Voyez-vous monsieur le vicomte, j'ai... comment exprimer une telle chose ?...

Vicomte de Dorin

Ce n'est pas si compliqué pourtant, expliquez-vous clairement et simplement. Qu'y a-t-il de si compliqué dans une telle chose ?

Patrick

C'est juste que...

Vicomte de Dorin

Eh bien ? ... Alors, ça vient quand ?...

Patrick

Pour vous dire ça clairement, une personne très spéciale qui a était invité par mon oncle va venir ce soir.

Vicomte de Dorin

Oh, je vois... Je comprends mieux à présent mais si je puis me permettre. N'est-ce tout de même pas trop exagéré comme tenue ?

Patrick

Si vous le dites mais personnellement je préfère ainsi, l'exagération et je trouve... plus attrayante et permet de se démarquer.

Vicomte de Dorin

Certes mais vous ressemblez néanmoins à un... hum *(se retient)*. Mais au fait, qui est donc cette « personne » qui va venir ce soir que vous aimez tant. Je veux dire, au point de vous habiller comme... haha !... Un homme de cirque ?

Patrick *(regard dédaigneux)*

Vous dites cela alors que vous venez revêtu d'une culotte de marchand. Et puis cela ne vous concerne pas, je ne vous dois rien que je sache.

Vicomte de Dorin

Oh je suis sincèrement désolé *monsieur*, si j'ai offensé votre aristocrate personne. Je ne voulais point vous mettre en colère, mais bon, il n'y a que la vérité qui mécontente comme on dit.

Patrick

Si vous le dites, *vicomte*. Mais je vous prierais de me parler autrement.

Vicomte de Dorin

Je vous prie de m'excuser monsieur le « fils » de comte mais comme vous l'avez si bien dit je n'ai moi non plus aucun compte à vous rendre, alors il faudra vous y faire. *(Patrick se lève)* Oh, mais où allez-vous donc ? Vous me quittez déjà ? Quel dommage et moi qui espérais pouvoir passer plus de temps avec vous. Mais on dirait bien que vous n'appréciez pas que l'on vous dise la vérité en face. C'est pourtant indispensable pour tout aristocrate anglais qui se respecte de faire bonne figure, quel dommage... Mais après tout cela n'a rien d'étonnant quand on se rappelle de vos origines paysannes par votre mère *(tourne la tête vers d'horizon tout en ignorant Patrick).*

Patrick *(tout en s'en allant, murmure)*

Rigoler autant que vous voulez Vicomte mais... rira bien qui rira le dernier. J'ai hâte d'être à ce soir pour voir votre visage se craqueler sous la nouvelle de la récompense de la Reine faite à mon oncle. Cela promet d'être exceptionnel *(part en direction du Manoir).*

Acte II, Scène 1

Le Diable

Dans les ombres du Manoir des Malln, le Diable vêtu d'un costume noir taillé se cache et regarde tranquillement Patrick s'en aller

Le Diable

Aaah... Quel plaisir c'est d'observer de loin ces misérables humains, ignorants et cupides. C'est un plaisir dont je ne me lasserai jamais. Quant à lui... Tant d'innocence et d'humanité en un seul être, c'est... très intéressant. Je sens que je vais prendre un plaisir fou à le manipuler, cela va être un spectacle des plus réjouissants pour moi... Oh Dieu ! J'espère que tu regardes bien de ton piédestal en haut des cieux ce qui va se dérouler en ces lieux, car cela va être un spectacle des plus passionnant qui, j'espère, te plaira également. Oh oui... Comment ne pourrait-on pas être attiré par cette splendide chose qu'est la mort ! Aaah, oui... C'est tellement, fantastique, hahaha. Quant à cet humain, cette âme si *torturée*, il sera parfait pour faire abattre mon courroux sur ces misérables aristocrates, ces sales pêcheurs qui se prétendent droits et vertueux. Oui... car l'heure est enfin arrivée pour mon châtiment de s'abattre sur ces âmes entièrement pourries de l'intérieur. Ils brûleront tous autant qu'ils sont car c'est ainsi que j'en ai décidé, moi... le Diable. Bien, il est temps pour moi d'envoyer brûler en enfer ces sales traînes misères avec leurs chimères. Le moment est venu pour moi de me joindre à la fête et ils réaliseront bientôt qu'ils auraient mieux faits d'apprendre à rester à leur place. Je vais leur montrer moi, ce qui arrive à ceux qui prêchent soi-disant la « justice » et l'honneur, pour en réalité se comporter comme les misérables cafards qu'ils sont. Il est temps, l'heure du jugement a enfin sonnée (*finit par dire le Diable d'un ton dur et ferme, et après avoir prononcé ces dernières paroles, le Diable disparaît de nouveau dans les ombres du Manoir, tel un fantôme, un terrible fantôme aux projets encore mystérieux et effrayants*) ...

Acte III, Scène 1

Marquis Belgmor, les Welson, la Reine Victoria, les Dorin et Patrick

La fête tant attendue débute enfin, les invités arrivent un par un, tous sur leurs trente et un. Et ceux-ci se rendent bien évidemment rapidement compte de l'absence du maître des lieux : le Comte Leroy. Malgré la présence assez frappante de son neveu, et « fils adoptif » Patrick. Là commence alors une longue discussion dans la salle à manger entre les invitées sur la raison de leur venue à tous, et sur l'absence évidente de leur hôte...

Vicomtesse de Dorin

Mais où est donc le Comte, bon sang de bonsoir ! C'est quoi cette farce, on se moque de nous ma parole !

Vicomte de Dorin

Calme-toi je te prie Elizabeth. Ce n'est pas si grave qu'il soit quelque peu en retard, il doit avoir des dernières choses à ajuster. Tu sais ce n'est pas si facile que l'on peut croire d'organiser de telles réceptions.

Vicomtesse de Dorin

Ce n'est pas une raison. Il nous invite chez lui pour une réception, la moindre des choses et qu'il accueille ses invités, au lieu de laisser son misérable neveu faire le pied de guerre devant la porte à dire « *bonjour* » d'un ton lasse à tous ceux qui rentrent. De la part du Comte Leroy je m'attendais quand même à mieux que ça !

Patrick

Vous devriez arrêter de jacasser Vicomtesse, cela va finir par vous donner des rides. Profitez de la fête en attendant le discours d'ouverture de mon oncle au lieu de râler *(montre le buffet)*.

Vicomtesse de Dorin

Un discours d'ouverture ?

Patrick

C'est exact.

Vicomtesse de Dorin

Qu'est-ce que c'est encore que cela ?!

Patrick

Vous verrez, en tout cas je peux vous promettre que vous ne serez pas déçu. En attendant prenez un bon verre de gin et profitez de cette tranquillité *(tend un verre qu'il prit sur la table)*.

Vicomtesse de Dorin

Je vous interdis de vous moquer de moi Patrick ! Et puis qu'est-ce que c'est que toutes ces cachoteries ?! Je vous préviens si c'est comme ça toute la soirée ça va mal se passer !

Patrick

Vraiment ? Et qu'allez-vous faire ? Pour ce qui est d'aboyer vous avez du souffle mais pour les actes c'est une toute autre histoire.

Vicomtesse de Dorin

Comment osez-vous misérable petit arrogant ?! Décidément votre éducation entière a été raté à ce que je vois mais bon étant donné votre passé et connaissant votre mère et ses... *origines*. Cela n'est point étonnant, j'aurais pensé que le Comte vous apprendriez néanmoins à bien vous comporter mais cela devait être une trop dure mission pour l'antiquité qu'il est !

Patrick

Taisez-vous espèce de vautour déplumé ! Comment osez-vous parler de ma mère et de mon oncle ainsi ?! Je vous conseille fortement de vous taire si vous ne voulez pas que je vous rabatte moi-même votre claquet !

Vicomtesse de Dorin

Ah, c'est la meilleure ! Je ne fais que l'étalage de la dure vérité *mon cher Patrick (dit-elle avec un ton condescendant)*. Votre mère n'était qu'une roturière fille de boulangers ! Et vous vous n'êtes qu'un bâtard qui n'aurez jamais dû venir au monde ! Votre oncle le Comte Leroy, ce vieux enfumé n'est qu'une antiquité, son entreprise est au bord du précipice tout ça parce que vous volez tout son oxygène ! Il ne méritait pas de subir la présence étouffante de son bâtard de neveu qui aurait largement plus mérité de mourir lors de l'incendie de sa maison que son bon père ! Lui au moins c'était un homme et un aristocrate d'honneur et de bonne famille, un aristocrate comme on n'en fait plus ! Vous ne méritez pas d'avoir survécu à ce tragique accident, vous auriez mieux fait de mourir aux côtés de votre saleté de roturière de mère ! Cela nous aurait épargné bien des tourments et des tracas, à nous tous ici présent et à votre oncle ! *(Cria la vicomtesse, avec une rage incroyable, son visage devenant peu à peu rouge de colère)*

Patrick

Espèce de... ! *(S'exclama Patrick, levant vivement sa main vers la vicomtesse qui ne broncha pas, pour la frapper)*

Jack *(attrape le bras de Patrick, l'empêchant de frapper la Vicomtesse).*

Allons Patrick, calme-toi. Ce n'est pas digne d'un aristocrate de frapper une gente dame. *(Dit-il avec un calme olympien)*

Patrick

Ce ne sont pas tes affaires Jack, lâche-moi.

Jack *(à Patrick bas)*

Réfléchis un peu Patrick, que va-t-il se passer si tu la frappes ? Tout ce que tu vas réussir faire c'est causer des problèmes de plus à ton oncle. Il a déjà assez de soucis comme ça, tu ne veux quand même pas aggraver sa situation ?

Patrick

Hum... Bon d'accord, tu as gagné *(répondit Patrick tout aussi bas, laissant tomber son bras)*.

Vicomtesse de Dorin

Hahaha ! Qu'est-ce que je disais ! Comme sa roturière de mère, aucune volonté, aucun courage, aucun... honneur...

Vicomte de Dorin

Elizabeth ! Cela suffit à présent ! Tais-toi une bonne fois pour toutes et excuse-toi ! *(Crie en attrapant le bras de la Vicomtesse)*

Vicomtesse de Dorin

Que... Je te demande pardon ?! Que je m'excuse auprès de... de... de lui ?! Mais tu as perdu la tête ma parole !

Vicomte de Dorin

Je t'ai dit de t'excuser Elizabeth, prend ça comme un ordre venant du Chevalier de la Reine et non de ton mari !

Vicomtesse de Dorin

Que... mais... Raah ! Bon d'accord... Patrick, je... je... hum hum ! Suis-je vraiment obligée de ?... *(Le Vicomte lui jette un regard dur)* Bien, je... je m'excuse profondément pour toutes les... les horreurs que j'ai pu dire. C'était... déplacé de ma part. Et j'espère que... vous ne m'en tiendrez pas rigueur *(dit-elle avec difficulté jetant à chaque pause des regards à son mari, ses mots lui arrachant la bouche)*.

La Reine entre.

Patrick

Excuses acceptez Vicomtesse et ne vous inquiétez pas, c'est déjà oublié. Après tout pourquoi tenir rigueur d'une telle broutille sans importance et puis de votre part cela n'est pas étonnant, tout le monde sait que vous n'avez point de... politesse, ni même de... grâce envers vos hôtes. Une vraie chipie ambulante haha !

Vicomtesse de Dorin

Comment osez-vous espèce de... !? Raaah...Vous allez me payer ça petit insolent.

Patrick

Si je puis me permettre *Madame*, de nous deux, le plus insolent c'est vous.

Vicomtesse de Dorin

Alors vous, je vous jure que...

Reine Victoria

Mais dites donc ! Est-ce que quelqu'un pourrait bien m'expliquer ce qui se passe ici ?

Vicomtesse de Dorin *(se tourne vivement, choqué de voir la Reine)*

Votre Majesté ?! Mais que... qu'est-ce que vous faites ici ?

Reine Victoria

Voyons, j'ai été invitée quelle question ! Maintenant pouvez-vous m'expliquer ce qui se passe ici ?

Marquis Belgmor *(d'un ton milieux, jusqu'ici discret)*

Absolument rien Votre Majesté, la Vicomtesse est juste un peu sur les nerfs car le Comte Leroy n'est toujours pas là mais rien de plus. Heureusement, comme vous avez pu le comprendre Votre Magnificence, Patrick a eût la grande gentillesse de nous ouvrir leurs portes et de nous servir ces petits… *hors-d'œuvre* en attendant haha. Mais ne vous inquiétez pas Votre Excellence, le Comte devrait sûrement bientôt arriver n'est-ce pas *Patrick* ?

Reine Victoria

Je vois et bien j'espère que nous n'attendrons pas plus longtemps dans ce cas. Je suis assez pressé je dois dire de voir le Comte.

Patrick

Ne vous inquiétez pas Votre Majesté *(s'incline)*, mon oncle le Comte Leroy ne devrait pas tarder à présent. Vous serez tous bientôt pourquoi nous vous avons invités.

Reine Victoria

Je l'espère, en attendant je pense que je vais goûter ces petits fourrés, ils m'ont l'air absolument délicieux.

Comte Leroy *(entre dans la pièce, sortant de la cuisine)*

Ils seront d'autant plus délicieux accompagnés d'une bonne tasse de thé asiatique. Si je puis me permettre je vous conseille le « *Darjeeling high blend* » Votre Majesté, il sera je pense parfaitement adapter, si vous voulez je peux demander à ce qu'on vous en apporte une tasse *(parle d'un ton doux, en venant de sortir de la bibliothèque)*.

Reine Victoria

Comte Leroy vous voilà enfin, nous vous attendions. Je dois dire que je suis très curieuse de goûter le thé que vous avez évoqué, je ne le connais absolument pas.

Comte Leroy, *(claque des doigts)*

Vous verrez, il est absolument dé-li-cieux. Il a un petit goût ambré et doux c'est tout à fait exquis. Patrick, veux-tu bien aller chercher une tasse de ce thé pour la Reine je te prie *(montre d'un geste de la main gauche les cuisines).*

Patrick

Bien sûr mon oncle, j'y vais de ce pas *(sort de la pièce).*

Vicomtesse de Dorin

Bien, maintenant que vous êtes là, pouvez-vous enfin nous dire pourquoi vous nous avez invités ?

Comte Leroy

Patience Madame la Vicomtesse, patience. D'abord, si vous le voulez bien, allons dîner, nous parlerons de tout cela pendant le repas. Après tout je suis sûr que la plupart d'entre vous meurent de faim à force d'attendre.

Vicomtesse de Dorin

Ce n'est pas faux, il faut avouer que l'attente a était longue. Bien, pourquoi donc ne pas aller manger à présent avant votre « discours » ? Cela ne peut pas nous faire de mal. Si vous me le permettez je vais ouvrir la marche *(dit-elle tout en agitant son éventail, et partant s'asseoir à la table, vers le milieu, en se déhanchant).*

Comte Leroy

Allons, suivez l'exemple de la Vicomtesse et venez donc vous asseoir à ma table, j'ai demandé à ce qu'on prépare un plat spécial pour votre visite à tous, c'est une spécialité française.

Marquis Belgmor

Ah bon, vraiment ? Je ne savais pas que vous étiez du genre à aimer ce type de cuisine, j'espère que quand vous parlez de spécialité, vous ne parlez pas d'un de ces plats répugnants comme les grenouilles, parce que question qualité on ne peut pas dire que cela soit le mieux hahaha ! *(Pars s'asseoir au bout de la table à gauche)*

Comte Leroy

Non non ne vous inquiétez, même si ce genre plat est une assez bonne idée je dois dire. Ce n'est pas de cette spécialité que je parle. Mais vous verrez bientôt ce que cela sera, asseyez-vous que nous puissions discuter tranquillement.

Jeyna

Oui, peut-être qu'ainsi vous pourrez enfin nous dire ce que nous attendons tous avec impatience *(dit-elle d'un ton dédaigneux camouflé).*

Comte Leroy

Ne vous inquiétez pas, vous ne serez pas déçu, je peux vous le promettre.

Patrick *(revient des cuisines une tasse de thé à la main)*

Voilà votre tasse de thé Votre Altesse.

Reine Victoria

Merci mon petit Patrick, à ce que je vois vous êtes toujours aussi serviable, fort bien. Le pays a besoin de gens comme vous vous savez, venez me voir un de ces jours à Buckingham Palace à Londres, nous pourrons ainsi discuter d'une possible orientation future dans la politique qui sait.

Patrick

Cela serait avec plaisir Votre Altesse, mais pour le moment je préfère rester pour continuer à aider mon oncle si vous n'y voyez pas d'inconvénient.

Reine Victoria

Bien sûr que non mon chou, vous pouvez rester ici tant que vous le voulez, mais quand vous vous sentirez prêt pour une tâche digne de vous, n'hésitez pas à venir me voir, cela sera un plaisir.

Patrick *(part s'asseoir à côté de la Vicomtesse du côté droit)*

Je vous remercie Votre Altesse, maintenant si nous allions à la table rejoindre mon oncle.

Reine Victoria *(part s'asseoir à la droite du Comte Leroy à côté de Patrick)*

C'est là une merveilleuse idée mon petit Patrick ! Allons-y prestement.

Jack

Bien puisqu'il le faut allons-y *(s'assoit à la gauche du Marquis qui est à l'autre bout de la table, opposé au Comte).*

Jeyna

Hum... J'espère que le repas sera réellement bon au moins *(s'assoit entre le Vicomte et Jack).*

Vicomte de Dorin

Je vais me mettre à côté de toi Elizabeth, comme ça au moins je t'aurais à l'œil.

Vicomtesse de Dorin

Ah ! Vas-y traite-moi d'animal domestique tant que tu y es ! Gouga !

Marquis Belgmor

De mon temps, les femmes savaient se tenir lors de ce genre de soirée, à ce que je vois il n'y pas que les traditions qui se perdent. Il y a aussi les bonnes manières...

Vicomtesse de Dorin

Pff ! Moi au moins, je ne vais pas fleureter avec des putains décadentes dans ces horribles maisons de prostitution tout à fait misérables...

Vicomte de Dorin

Voyons Elizabeth !

Marquis Belgmor

Comment osez-vous insinuer une telle chose ?! *(Monte le ton en frappant la table du poing)*

Vicomtesse de Dorin

Je n'insinue pas mon Marquis, je liste les faits c'est tout, que cela vous plaise ou non. Ce n'est pas comme si tout le monde n'était pas au courant de vos frasques après tout *(ouvre son éventail qu'elle agite vers son visage et tourne la tête avec un air de dédain)*.

Jack

On en apprend décidément tous les jours ! Dites-moi beau-père, je ne vous savais pas coquin à ce point, pourquoi ne m'en avez-vous pas parler ? J'aurais pu vous accompagner, ça nous aurait fait une « activité » en commun ! *(Rigole en souriant d'un air moqueur)*

Jeyna

Je te demanderais de garder ce genre de pensées pour toi Jack, c'est insultant à mon égard.

Jack

Oh, désolé ma petite Jeyna, je ne voulais pas te vexer ma douce !

Jeyna

Je t'ai déjà dit de ne pas m'appeler ma douce, je trouve cela répugnant.

Marquis Belgmor

Comment osez-vous déblatérer de telles sornettes, c'est un scandale ma parole ! J'exige un châtiment pour cela !

Vicomte de Dorin

Allons, pas besoin d'arriver à de telles extrémités, je suis sûr que nous pouvons trouver une solution.

Vicomtesse de Dorin

Un châtiment ?! Mon dieu, vous vous croyez encore au Moyen-Âge ou c'est comment ? Il serait grand temps de vivre à votre époque *Monsieur le Marquis,* l'inquisition et tous ces trucs d'Église c'est fini depuis un long moment. Il faudrait vous mettre à la page si je puis me permettre.

Comte Leroy

SILENCE ! ! ! *(Cri fort tout en frappant le poing sur la table, tout le monde se tait et tourne leur regard vers lui)* Non mais oh, vous vous croyez où ! Je vous signale que le repas est servi !

Reine Victoria

Et je dois dire que c'est tout à fait dé-li-cieux mon cher Comte mais je n'arrête pas de me demander ce qu'est ce goût, comment dire... « sucré » que je sens *(mâche d'une façon hypnotique la viande essayant de goûter toutes les saveurs).*

Patrick

C'est parce que c'est du « veau au caramel » Votre Altesse, cela doit être cela que vous sentez.

Reine Victoria

Oh d'accord ! Je vois, et bien c'est tout à fait exquis, votre cuisinier est un vrai chef, faites-lui savoir *(dit-elle en mettant un nouveau morceau dans sa royale bouche).*

Patrick

Nous n'y manquerons pas Votre Altesse.

Vicomtesse de Dorin

Du veau au caramel ? Qu'est-ce que c'est que cette chose encore ? *(Dit-elle d'un air dégoûté tout en retournant lentement sa viande avec sa fourchette, pour regarder la nourriture)*

Marquis Belgmor

Eh bien quelle surprise, je m'attendais à tout sauf à cette chose.

Jack

Bon goûtons pour voir, cela ne peut pas être mauvais !

Cinq minutes plus tard...

Vicomte de Dorin

Eh bien Comte ! Sa Majesté avait raison, ce plat était tout à fait exquis, j'ai adoré. Je ne serais pas contre un second service haha ! Non je plaisante, cependant si c'est possible j'aimerais bien avoir la recette, comme ça je pourrais resservir cela à mon gala la semaine prochaine. Cela sera parfait.

Comte Leroy

Ne vous en faites pas Vicomte, je demanderais que l'on vous passe la recette, Patrick s'en chargera. Mais attention, je vous ai à l'œil ! C'est *ma* recette alors pas d'usage abusif n'est-ce-pas ? Haha !

Vicomtesse de Dorin

Bien maintenant allez-vous enfin nous dire pour qu'elle raison nous sommes là ?!

Comte Leroy

Eh bien voyez-vous, je vous tous invités ici fin de vous annoncer une merveilleuse nouvelle ! Sa majesté ici présente, m'a fait l'immense et splendide honneur de me proposer à moi, le Comte Balthazar Heil Leroy du comté de Norwich, de devenir... tenez-vous bien, son Conseiller ! La Reine a prévu de me décerner l'immense récompense qu'est la « Divine Medal », symbole de mon nouveau poste. Ainsi, j'aurais également la priorité sur toutes les affaires commerciales majeures avec d'autres pays et étant liées à la royauté.

Marquis Belgmor

Kof kof ! *(S'étouffe avec son veau)* PARDON ?! Lui votre conseiller ?!

Vicomtesse de Dorin

C'est une blague ?! VOUS ?! Hahaha !! Très drôle monsieur le comte, mais évitez ce genre de blague à l'avenir, mon cœur a failli lâcher de stupeur !

Comte Leroy

Ce n'est point une blague Vicomtesse.

Reine Victoria *(se sert une autre tasse de thé)*

Je confirme ce que vient de dire le Comte, j'ai longuement réfléchi à la question et je pense sincèrement que c'est le mieux placé pour...

Vicomtesse de Dorin *(choquée)*

Vous n'êtes pas sérieuse Votre Altesse ?! Cet homme ?! Votre Conseiller ?! Ce n'est qu'un renégat qui a laissé tomber sa famille, il ne mérite pas...

Vicomte de Dorin

Elizabeth ! *(Crie en attrapant vivement le bras de la Vicomtesse)* Si cela est la décision de la Reine, il faut la respecter qu'importe si elle nous plaît ou non. Comte Leroy, mes félicitations pour cette promotion, vous avez de quoi être fière d'avoir était choisi par la Reine pour la servir au cœur du pouvoir royal.

Comte Leroy

Merci Vicomte, cela me va droit au cœur.

Marquis Belgmor

Alors là c'est la meilleure ! Et comment cela se fait que je n'ai pas était mis au courant de tout ça ! Je vous signale que moi aussi j'ai reçu une lettre de la Reine ! Et dans celle-ci elle disait que cela serait moi son conseiller ! Alors comment cela se fait-il que ce macaque sur pattes annonce que c'est lui qui a était choisi !

Vicomte de Dorin

Comment vous aussi vous avez reçu une lettre de la Reine ? Qu'est-ce-que que cela signifie Comte ?

Vicomtesse de Dorin

Ah ! Je le savais ! Cela ne pouvait être qu'une erreur ! Cet homme ne fait que de se jouer de nous depuis le début ! Hypocrite !

Jack

Mais pourtant la Reine a bien confirmé ses dires alors comment cela se fait que le Marquis est également reçu une lettre ?

Jeyna

La Reine devait vouloir rigoler, cela ne peut être ça. Après tout seul mon père le Marquis est digne de servir auprès de la Reine comme Conseiller.

Vicomte de Dorin

Comte je vous demande de vous expliquer ! Prenez ça comme un ordre du Chevalier de la Reine.

Reine Victoria

Le Comte n'a aucun ordre à recevoir de vous, il est maintenant le Conseiller de la Reine et est donc à votre niveau. Il y avait certes une blague est celle-ci est pour le Marquis. Je trouvais drôle de le laisser penser qu'il serait mon conseiller.

Marquis Belgmor

Mais Votre Altesse pourquoi ?! Moi qui vous ai toujours loyalement servi ! Pourquoi me faire ça ?! *(S'exclama-t-il incompréhensif)*

Reine Victoria

Car je trouvais ça amusant quelle autre raison aurais-je ? *(Boit tranquillement son thé)*

Vicomtesse de Dorin

Malgré tout le respect que je vous dois Votre Majesté j'ai du mal à saisir le côté « amusant » de cette blague.

Reine Victoria

Sachez que l'avis que vous pouvez porter envers mes choix m'est complètement égal. Après tout, cela dépasse de loin votre compréhension du monde et votre intelligence Vicomtesse *(continue à boire son thé tout en l'ignorant).*

Vicomtesse de Dorin

Que... Cela suffit à la fin ! *(Crie en se levant soudainement de sa chaise)* Je ne resterai pas une seconde de plus ici, je ne suis pas venu pour me faire insulter de la sorte ! Sebastian allons-nous en je te prie.

Vicomte de Dorin *(se lève calmement)*

Pour une fois je suis d'accord avec ma tordue de femme. Nous ne sommes pas venus ici pour se faire insulter et être la proie de vos moqueries, nous allons donc nous en aller. Comte, je veux dire… *Monsieur le Conseiller,* ce fut un plaisir de vous revoir et ce repas était délicieux. Néanmoins au plaisir de ne point vous revoir de sitôt en-dehors du travail. Votre Majesté, si vous le permettez nous allons maintenant y aller *(s'incline les bras le long du corps).*

Patrick

Mmh, quant à moi je pense que je vais aller chercher du thé dans la cuisine *(sort de la pièce).*

Reine Victoria

Au revoir Vicomte, bonne soirée à vous. Vicomtesse *(tout en tendant son verre de vin en signe d'au revoir).*

Vicomtesse de Dorin

Hum ! *(S'incline puis se tourne et sort vivement de la salle en direction des portes d'entrées du Manoir en soutenant sa robe par les côtés, le Vicomte la suivant de quelques pas, son chapeau sous le bras droit)*

Jack

Bien, décidément ce dîner était plus que divertissant. Vous savez faire la fête *Monsieur le Conseiller* haha. Je ne m'y fais vraiment pas à ce nouveau titre mais je suppose qu'il va falloir que je commence à m'y habituer. C'est dommage mais étant donné votre nouveau poste nous nous verrons moins souvent, j'avais tellement hâte de de nouveau déguster cette spécialité que vous nous avez servis. Mais bon nous trouverons bien quelqu'un pour nous en faire. *(Regarde sa montre)* Bon ce n'est pas tout ça mais il commence à se faire tard, nous devrions rentrer je crois n'est-ce pas Jeyna ?

Jeyna

Hum... en effet, sans compter que nous recevons des visiteurs demain il faut que je commence à tout organiser *(dépose son verre de vin sur la table)*.

Comte Leroy

Des visiteurs ? Qui donc ?

Jeyna

Ce sont des décorateurs, nous avons prévu une remise à neuf la salle à manger, nous trouvions qu'elle n'était plus vraiment dans le style du moment.

Comte Leroy

Il est vrai qu'elle manquait un peu de nouveauté et...de goût.

Jeyna

Hum...Certes *(ton méprisant)*. Bien allons-y Jack. Monsieur le Conseiller, c'était un plaisir. Votre Altesse, c'était un honneur *(s'incline)*.

Jack

De même *(s'incline aussi)*. Comte Leroy, au revoir, nous vous souhaitons une bonne soirée.

Marquis Belgmor

Je vais également y aller, bonne soirée à vous... *Conseiller (dit-il avec un ton de dégoût)*. Votre Altesse, ce fut un plaisir *(part sans s'incliner)*.

Comte Leroy

Oui, bonne soirée.

Ils sortent

Hahaha ! Leurs réactions étaient tellement amusantes et prévisibles ! Ils me font rire. J'ai adoré voir leur visage se décrépiter sous le choc, surtout celui de la Vicomtesse, ça lui apprendra à cette sale harpie ! Et Belgmor ! Oh mon Dieu, sa réaction était tellement extrême et fut de loin la meilleure ! J'ai cru qu'il allait nous faire une crise cardiaque.

Reine Victoria

C'était en effet très drôle, huhu... *(Porte la main à sa bouche pour cacher son rire)*

Comte Leroy

Mais dites-moi, pourquoi avez-vous envoyé aussi une lettre au Marquis ? N'était-ce déjà pas assez humiliant de l'inviter ici ? *(Dit-il d'un ton incompréhensif)*

Reine Victoria

Je trouvais à mon humble avis que non. Après tout, cela n'a fait que rendre la situation encore plus drôle huhuhu... *(Porte encore la main à sa bouche pour cacher son rire)*

Comte Leroy

Hum...je vous trouve bien amusée Votre Majesté, qui aurait cru que cela vous divertirait autant.

Reine Victoria

Ce n'est pas ça Comte Leroy qui m'amuse, c'est autre chose de bien plus amusant... huhuhu... *(Porte de nouveau la main pour cacher son rire)*

Comte Leroy

Et qu'est-ce donc ?

Reine Victoria

Oh, rien que vous ne puissiez comprendre *(finit sa tasse de thé et la pose)*. Je vais vous laisser à présent, après tout nous partons pour Londres demain *(se lève et commence à partir)*. Je compte sur vous pour préparer vos bagages correctement mon cher Conseiller. Au revoir Comte Leroy, c'était un plaisir de vous retrouver, cette soirée était des plus divertissantes et ce veau plus qu'exquis. Merci encore. Bonne soirée à vous *(sort de la pièce)*.

Comte Leroy

Bonne soirée Votre Altesse. Hum...quelle étrange attitude... On dirait dit qu'elle était différente, ça me laisse perplexe. Et je me demande bien ce qui pouvait autant l'amuser... Enfin, je ne vais pas me morfondre ni me plaindre ! J'ai enfin pu clouer le bec a ce satané Marquis et à cette horrible Vicomtesse, quel plaisir cela était haha ! Allez, il faudrait que j'aille dormir, demain je commencerais une nouvelle vie en tant que Conseiller de la Reine ! J'avais promis un avenir heureux à ton enfant Patricia et c'est que j'ai l'intention de lui offrir. Ton petit Patrick héritera bientôt de ce Manoir, quoi de mieux pour lui n'est-ce-pas ? Aaah...les enfants grandissent si vite...bien allons-y maintenant. *(Il sort, seul reste Patrick caché derrière la porte de la cuisine qui rentre dans la pièce)*

Patrick

Moi ? Hériter de ce Manoir ? Mais... *Patrick... (Une voix sombre et mystérieuse se fait entendre)* Hum ? Qu'était-ce ? *Patrick...* Qui est là ? *Patrick... Mort... Patrick... (Répète en boucle la sombre voix)* Je dois être en train d'halluciner, voilà que j'entends des voix. Bien, il est temps pour moi d'avoir une discussion avec mon oncle mais avant je dois m'occuper des préparatifs pour demain. Où est ce majordome bon sang ! *(Sort de la pièce pour rentrer dans la cuisine à l'opposé de la porte menant à l'entrée du Manoir et au grand salon)*

Acte III, Scène 2
Marquis Belgmor, Vicomte de Dorin

Alors que le Comte Leroy s'est éclipsé et que Patrick vient d'apprendre la nouvelle de l'héritage le Vicomte de Dorin et le Marquis Belgmor reviennent pour rendre des comptes au Comte et finissent par se croiser.

Vicomte de Dorin *(rentre dans la salle à manger par la porte de gauche)*

Comte Leroy ! Vous êtes où, nous devons parler !? Hum... Il va sûrement revenir, attendons-là.

Deux minutes plus tard, pendant que le Vicomte attend en tournant en rond...

Marquis Belgmor *(rentre à son tour par la même porte)*

Leroy ! Misérable escroc montrez-vous si vous l'osez !

Vicomte de Dorin

Que faites-vous ici Belgmor ? *(S'écrie le Vicomte surpris)*

Marquis Belgmor

Je pourrai vous poser la même question Dorin. Vous avez abandonné votre chienne de femme ? J'espère que vous l'avez enchaîné au carrosse, il ne faudrait pas qu'elle morde quelqu'un *(parle d'un ton méprisant)*.

Vicomte de Dorin

Je vous interdis de parler de ma femme sur ce ton, misérable cloporte décadent ! Vous osez parler, mais dois-je vous rappeler votre splendide humiliation par le Comte et la Reine, *Marquis (d'un ton moqueur).*

Marquis Belgmor

Vous dites cela, mais vous qui êtes le prompt chevalier de Sa Majesté, comment se fait-il que vous n'ayez pas était mis au courant de sa décision pour le moins étonnante ?

Vicomte de Dorin

Hum... Je ne suis pas venu ici pour me disputer avec vous mais pour demander des explications au Comte. Mais visiblement il n'est pas ici *(balaye la salle d'un geste de la main)*, alors si vous le voulez bien je vais vous laisser Monsieur le Marquis.

Marquis Belgmor

Bien, comme il vous plaira. J'ai de toute façon moi aussi mieux à faire mais si j'étais vous je me dépêcherais de régler mes petites affaires avec le Comte. Il se pourrait que vous n'en ayez...pas le temps qui sait ?

Vicomte de Dorin

Qu'insinuez-vous par là Monsieur le Marquis ?

Marquis Belgmor

Je n'insinue rien Monsieur le Chevalier de la Reine *(fait une révérence).* Je ne fais *qu'émettre* la probabilité qu'un...malheur puisse arriver ce soir pendant que tout le monde est en train de partir. Qui sait ce qu'il peut se passer. Après tout cela en va de Dieu ! Sur ce, Vicomte, je vais vous laisser à vos petites frasques. Bonne soirée à vous et... à votre... *femme... (Il sort en direction de l'entrée du Manoir)*

Vicomte de Dorin

Attendez ! *(Tend le bras en direction du Marquis)* Misérable Marquis, que voulait-il donc dire par « malheur » ?... C'est étrange... Enfin ! Je n'ai pas le temps de penser à de telles futilités. Je dois trouver le Comte, je vais voir dans le grand salon, il doit sûrement y être *(il sort par la même porte franchie peu avant par le Marquis).*

Acte III, Scène 3

Jeyna et Berta

Toujours dans la salle à manger désormais vide, Jeyna entre en trombe par la porte de gauche menant à l'entrée du Manoir, cherchant le Marquis son père, suivi de peu par la servante de son père Berta, s'en suit une courte discussion pleine de rebondissements

Jeyna

Père ! Où êtes-vous passé encore ?! La calèche nous attend !

Berta

Madame ! Je suis allé voir dans la bibliothèque mais je ne l'ai pas trouvé *(arrive en courant, essoufflé).*

Jeyna

Non mais je vous jure, il n'est vraiment pas possible. Tu es allé voir dans le Grand Salon ?

Berta

Oui, mais il n'y avait que le Comte Leroy, je veux dire... Monsieur le Conseiller.

Jeyna

Voyons Berta, ne t'embêtes pas avec ce genre de formalités ! *(Dit-elle en rigolent d'un air moqueur)*

Berta

Mais madame, c'est mon devoir en tant que gouvernante de nommer les personnes par leur titre, surtout quand se sont de hauts aristocrates et encore plus quand ils font partie du cercle privé de la Royauté. Quelle image je renverrai de vous et de votre famille si je ne respecte pas cette règle de classe sociale ?

Jeyna

Berta Berta Berta... Vous avez toujours été loyale et respectueuse des règles, c'est notamment pour cela que je vous aime beaucoup mais ne vous en faites pas. Le Comte Leroy ne sera bientôt plus qu'un lointain et mauvais souvenir. Alors ne vous embêtez pas à l'appeler par son titre temporaire, cela prendra fin bien assez tôt soyez en sûr *(tout en posant délicatement sa main droite sur son épaule avec un sourire qui en disait long).*

Berta

Mais... que... que voulez-vous dire par là ? Comment cela va bientôt prendre fin ? ... Qu'avez-vous encore manigancé madame ? *(Demande-t-elle totalement perdue)*

Jeyna

Une chose simple comme bonjour ma chère et tendre Berta, la mort de notre vénéré Comte Leroy.

Berta

Que...quoi ?! Vous n'êtes pas sérieuse ?! Monsieur votre père est-il au courant de cette noir idée ?!

Jeyna

Bien évidemment qu'il l'est. J'ai fomenté mon plan en collaboration avec lui et Jack.

Berta

Non mais dites-moi que je rêve ! Madame vous n'êtes pas sérieuse ! Vous n'avez quand même pas prévu de faire assassiner le Comte ! Le Conseiller de la Reine !! *(Crie-t-elle choquée)*

Jeyna

Moins fort pauvre idiote ! Tu veux que tout le Manoir et ses alentours soit au courant ou quoi ? Je suis extrêmement sérieuse Berta. Cela fait bien trop longtemps que le Comte nous traîne dans les pattes. Le titre de Conseiller devait revenir à mon père. Il est temps d'arrêter tout cela. Le Comte nous a roulé dans la farine pour la dernière fois et je n'ai pas l'intention de le laisser recommencer. Il est temps pour lui de payer le prix de ses actes.

Berta

Mais de là à en arriver à l'assassinat. N'est-ce-pas un peu trop exagéré ?

Jeyna

En aucun cas. Le Comte Leroy a voulu la guerre et il l'a eu et à mon grand malheur il n'existe qu'un seul véritable moyen de terminer une guerre, c'est de mettre fin à l'existence de l'adversaire. Le Comte Leroy doit périr si nous voulons reprendre ce qui nous va de droit. Je n'aurais jamais cru dire ça un jour mais la Vicomtesse Elizabeth de Dorine, cette harpie a raison sur un point fondamental. Patrick n'est qu'un bâtard, qui plus est, il n'est même pas véritablement un aristocrate, il ne mérite pas l'héritage et l'avenir que lui offre le Comte, celui-ci a dépassé les bornes de l'absurdité. Cette mascarade doit prendre fin aujourd'hui et maintenant. Il est temps de faire tomber les masques et cela commencera par la mort de notre très cher *Conseiller*, le Comte Leroy. Jack s'en chargera. Il suffit, assez discuté. Je vais chercher père. Nous devons partir avant sa mort sinon nous serons fichus.

Elle sort par la porte de gauche

Berta

Miss Jeyna...vous jouez avec le feu. J'espère que tout va bien se passer et que nous ne regretterons pas d'avoir ainsi misé sur la vie d'autrui. Que Dieu nous pardonne *(tout en faisant le signe de croix)*. Oh ma bonne maîtresse, que vous est-il arrivé ? Vous qui étiez si bonne comment avez-vous pu finir ainsi ?... Non. Je peux encore empêcher cela, il faut que je parle au Comte avant que

Monsieur Jack n'agisse. Il est encore temps de mettre fin à tout cette folie. Oui... vite vite ! Allez ma petite Berta en avant ! Il faut que je trouve le Comte.

Elle sort par la même porte

Acte III, Scène 4

Jack, le Comte Leroy et Patrick

Encore dans la salle à manger, de nouveau vide après le départ de Jeyna et Berta, le Comte entre dans la pièce par une porte caché derrière la bibliothèque au fond de la salle à manger par laquelle il a vu et entendu tout ce qui s'est passé dans la scène d'avant entre Jeyna et Berta

Comte Leroy

Alors comme ça ils ont fomenté mon meurtre ? Quelles misérables vermines. Ils n'ont donc aucun honneur, agir ainsi dans le dos dans la traîtrise la plus totale. En même temps cela ne serait pas un assassinat sinon. Heureusement qu'il reste cette vieille servante pour essayer de sauver la situation. On dirait bien que c'est la seule qui a les yeux clairs. Quant à Jeyna...maudite vipère. Elle pensait m'avoir ainsi ? Ah quelle maladresse d'être aussi confiante ! Miss Jeyna, vous n'avez donc toujours pas appris la leçon même après toutes ces années. On n'arrive jamais à rien avec de mauvais moyens.

Jack *(entre dans la pièce)*

Bonjour monsieur le Comte. Justement, je vous cherchais.

Comte Leroy

Tiens donc, voilà le traître *(murmure)*.

Jack

Hum ? Qu'avez-vous dit monsieur le Comte ?

Comte Leroy

Rien qui n'incombe à votre misérable rang. *(A part :)* Jouons la fine et essayons de comprendre ses intérêts dans l'affaire de mon assassinat.

Jack

Je ne savais pas que vous méprisiez les titres inférieur Comte. A ce que je vois, vous avez déjà pris le rôle de Conseiller. *(A part :)* Sa réaction est étrange, faisons l'ignorant pour découvrir ce qu'il sait.

Comte Leroy

Mieux que vous prenez le rôle de mari. Enfin, excusez-moi pour mon irritabilité, toutes ces émotions me font tourner la tête. Je dois dire que le fait d'être le Conseiller de la Reine et plus qu'étrange.

Jack

Je m'en doute, ce n'est pas tous les jours qu'on apprend que l'on va servir la Reine en personne à Londres. Mais...dites-moi, vous m'avez l'air préoccupé, qu'y a-t-il donc ?

Comte Leroy

Oh rien, juste...je n'ose vous en parler. Vous connaissant vous vous moquerez de moi comme à votre mauvaise habitude *(détourne le regard d'un air mélodramatique)*.

Jack

Bien évidemment que non, jamais je ne me moquerai de vous voyons, pas parce que vous êtes le Conseiller, mais parce que vous êtes un homme respectable. Bien, maintenant s'il-vous-plaît, dites-moi ce qui ne va pas ? *(D'un ton compatissant)*

Comte Leroy

C'est le Marquis, je l'ai rencontré il y a peu dans cette pièce et il a insinué quelque chose d'effroyable et d'impensable, je ne peux y penser.

Jack

Mais quoi donc ? Qu'est-ce que mon imbécile de beau-père a donc pu insinuer ?

Comte Leroy

Il a dit qu'un malheur pourrait bien arriver ce soir... Que quelqu'un pourrait mourir ! Dans mon propre manoir vous imaginez ! Cela me fait froid dans le dos rien que d'y penser, sans compter que cela peut très bien être moi ! Brrr... quelle horreur...

Jack

Voyons, ne vous inquiétez pas, monsieur mon beau-père le Marquis Belgmor a sûrement voulu blaguer. Comment quelqu'un pourrait mourir comme ça qui plus est ce soir ? Notamment vous, tout le monde ici est en bonne santé !

Comte Leroy

Je sais je sais... Cela est stupide d'imaginer de telles choses. Mais le Marquis avait l'air si sérieux, rien qu'à l'idée que quelque chose de tragique puisse arriver chez moi ce soir... *(Frissonne)*

Jack

Que voulez-vous qu'il puisse bien se produire ?!

Comte Leroy

Là est toute la question ! Un meurtre peut-être, seul Dieu le sait (lève les mains en regardant le plafond).

Jack *(commence à être anxieux)*

Un meurtre ?! Allons vous n'êtes quand même pas sérieux ! Quelle idée saugrenue personne n'ici ne serait capable d'une telle chose. Et puis qui pourrait bien être tué ?

Comte Leroy

Etant donné les propos du Marquis et ma toute fraîche promotion j'ai bien peur que ce soit ma vie qui est en jeu...

Jack

Comment ? Mais voyons cela est tout bonnement impensable ! Pourquoi chercherait-on à vous tuer ? Même si vous êtes devenu Conseiller se serait à Patrick que reviendrait votre héritage de toute façon y compris votre tout nouveau titre.

Comte Leroy

(À part :) Le misérable, c'est donc pour donc cela, il veut se débarrasser de moi, ayant la main mise sur Patrick comme un maître tient en laisse son chien il gagnerait tout.

Jack

(À part :) Il a joué aux fins mais pourquoi donc ? Qu'a-t-il bien pu apprendre ?

Comte Leroy

Ha... Haha...hahaha ! *(Applaudit lentement des mains)* Alors voilà le jeu que vous jouez Jack... j'aurais dû m'en douter de la part de quelqu'un dans votre genre.

Jack

Hum, comment ça ? Que voulez-vous dire par « jeu » ?

Comte Leroy

Arrêtez de me prendre pour un imbécile *Vicomte*, cela m'exaspère au plus point. Notre petit jeu est fini et je pense qu'il est grand temps de faire tomber les masques... *(Sort une épée cachée sous son manteau qu'il pointe vers Jack)*

Jack

Voyons Monsieur le Comte, ce n'est pas digne d'un gentleman et du Conseiller de la Reine de pointer ainsi une arme envers l'un de ses invités. Reposez-moi ça et discutons calmement voulez-vous, je suis sûr que tout cela n'est qu'un léger malentendu... *(S'approche du Comte les bras tendus pour prendre l'épée)*

Comte Leroy

Ne m'approchez pas misérable traître ! *(Fait une coupure au visage, au niveau de la joue, de Jack qui recule)* Vous n'êtes qu'un Juda ! Un cafard ! Vous osez comploter contre moi dans mon dos ?! Moi le Conseiller de Sa Majesté ?

Jack

Aïe... *(Touche sa blessure ensanglanté)* Voyons calmez-vous je vous en prie, il doit avoir un quiproquo, je n'ai jamais eu l'intention de vous faire quoi que ce soit...

Comte Leroy

Menteur ! *(Crie en balançant son épée dans tous les sens prit de folie)* Vous osez me trahir et me poignardez comme ça dans le dos, moi qui vous est accueilli chez moi pendant toutes ces années et qui me suis occupé de vous quand vous en aviez besoin comme si vous étiez mon propre fils !! Vous n'êtes qu'un ingrat, un traître ! J'aurais dû vous tuer quand j'en avais l'occasion misérable petit démon !

Jack

Arrêtez-vous bon sang ! Je veux vous sauver, laissez-moi vous aider !

Comte Leroy

Comment pouvez-vous continuer à mentir, sale crevure ?! Je vais vous embrocher menu comme un porc à un pic d'abattoir ! Patrick sera je pense ravi de voir la dépouille de son traître d'ami !

Misérable cloporte venimeux ! Yaaah !!! *(Se jette sur Jack épée à la main, mais Jack le prend de vitesse et lui attrape le bras, récupérant au passage son épée, et tordant le bras du Comte dans le dos pour qu'il ne puisse plus bouger tout en le tenant, les deux sont face à face, les deux avec un genou au sol)*

Patrick rentre silencieusement par la porte de droite

Patrick

Bon les préparatifs du déjeuner de demain sont enfin bouclé, en tout cas pour ce soir c'est tout le majordome se chargera du reste. Il est temps pour moi de parler à mon oncle. Hum ? Mais... qu'est-ce qui se passe ici ? Jack a l'épée de mon oncle ? *(À part :)* Cachons-nous vite pour observer la situation sans qu'ils ne le sachent, tout ceci me semble étrange, j'ai un mauvais pressentiment... *(Se cache rapidement derrière un bosquet présent à gauche de la fenêtre près de la porte, les deux personnages présents sur scène ne le voient pas)*

Jack

Tant pis pour vous imbécile de vieillard. Je voulais vous laisser une issue de secours mais malheureusement vous ne me laisser pas le choix Comte Leroy *(plante d'un coup sec son épée dans le Comte par le torse, l'épée lui traversant le corps, Jack ne le regarde pas dans les yeux mais au loin, comme s'il ne voulait pas voir cela. Il retire l'épée et lâche son emprise sur le Comte qui tombe lentement avant d'attraper par le cou Jack afin de le rapprocher de lui)*

Comte Leroy *(murmure à Jack, du sang coulant également de sa lèvre)*

Sache que tu ne pourras jamais obtenir ce que tu désires. Vous serez jugés par la Reine et...et Dieu vous punira, il vous châtiera. Vous n'êtes que de sales pêcheurs misérables...je...je te maudis

Jack...toi...et tous tes semblables... *(Le Comte, mort, s'écroule sur le sol, laissant sur le visage de Jack des traces de sang laissé par sa main)*

Jack

Adieu Comte Leroy et merci pour tout. Bien, il faut que j'aille prévenir Jeyna maintenant que c'est fait. Il est grand temps de partir de cet endroit de malheur.

Il sort

Patrick *(arrive en trombe, s'approchant près de son oncle)*

Mon oncle... non *(s'affaisse près de lui, tombant à genoux)* ... Ce n'est pas possible, mais pourquoi Jack a fait ça ? On les a invités et... et... comment ont-ils pu faire ça ?

Berta *(arrive en courant)*

Comte Leroy ! Comte Leroy !

Patrick

Vous !

Berta

Patrick ? Oh non... Dites-moi qu'il n'est pas mort...

Patrick

Si ! Vous aussi vous êtes dans le coup c'est ça ? Pourquoi ? Pourquoi ?!

Berta

Patrick je vous en conjure calmez-vous, j'étais contre cela.

Patrick

Alors vous étiez au courant et je parie que Jeyna aussi. Vous avez manigancé tout cela n'est-ce-pas ?! Avouez que vous avez comploté pour tuer mon oncle !

Berta

Patrick taisez-vous bon sang ! J'étais au courant il est vrai mais je viens juste de l'apprendre par Jeyna je vous prie de me croire, elle m'a dit qu'ils avaient prévu de s'occuper de votre oncle le Comte, que Jack s'en chargerait. J'étais absolument contre, je cherchais Jack pour l'en empêcher, jusqu'à ce que je le vois de loin il y a peu, du sang sur le visage. C'est là que j'ai compris... Je... je suis sincèrement désolé Patrick je...

Patrick

Mais bon dieu, vos excuses je m'en cogne de vos excuses ! Vous êtes autant coupables qu'eux ! Maintenant dites-moi qui est au courant, qui fait partie de la manigance ?!

Berta

Patrick...

Patrick

Parlez ! Ou alors...

Berta

Très bien très bien, seuls trois personnes sont au courants, mis à part moi, mais c'est Dame Jeyna qui a tout manigancé, c'est elle le cerveau de l'histoire. Mais je vous en conjure, ne faites rien s'il-vous-plaît. Vous en prendre à eux ne ferait que tout aggraver. Ils ont tout prévu, ils sont intouchables et essayer de tout raconter aux soldats vous enfoncerez encore plus. Je vous prie de croire à mes excuses, elles sont le plus sincère possible croyez-moi, je n'ai jamais voulu cela.

Patrick

Bien ! C'est bon je vous crois, mais pourquoi tout cela ? Pourquoi toutes ces manigances ?!

Berta

Je pense que vous connaissez la réponse.

Patrick

La récompense de la Reine c'est ça ?

Berta

En effet, la récompense de la Reine est très précieuse pour mes maîtres, ils sont prêts à tout pour se la procurer. A présent, il est temps de laisser votre oncle s'en aller Patrick, vous ne pouvez rien faire d'autres. A... adieu Patrick, je vous souhaite de trouver la paix *(parle d'un ton mélancolique avant de sortir).*

Acte III, Scène 5

L'Auteur

Hors du temps, l'Auteur entre se mettant au-devant de la scène. Patrick lui s'est écroulé près du corps de son oncle pleurant à chaudes larmes. Pendant que l'Auteur s'avance pour parler on voit les domestiques arriver pour s'occuper du corps du Comte et de Patrick, bouleversé. Un saut dans le temps de cinq jours se déroule.

L'Auteur

Et voilà... Le Comte Leroy est mort et avec lui une lignée. Patrick perd ainsi son dernier parent en vie. Quant au Marquis, celui-ci a obtenu ce qu'il désirait le plus. Il est devenu le Conseiller après la mort du Comte Leroy. Étant donné que selon la lettre de la Reine qui avait été remis au Marquis, c'est lui qui avait été choisi et non le Comte Leroy. Néanmoins, ce que tout le monde ignore c'est que la lettre du Marquis était la vraie mais cela n'étant connu que du Diable, tout le monde pensait qu'il avait obtenu le titre de Conseiller par la mort du Comte Leroy. Mais l'histoire est tout autre et la mort du Comte n'était là qu'une première étape d'une incroyable descente aux Enfers...

Acte IV, Scène 1

Patrick

Dans le jardin de la propriété du défunt Comte Leroy, Patrick est venu se recueillir sur la tombe de son oncle en pleine nuit à minuit.

Patrick *(seul, regarde d'un air mélancolique la tombe de son oncle, puis détourne le regard, les yeux pleins de larmes)*

Oh mon cher oncle, que puis-je donc faire ? Guide-moi vers ce destin incertain, dans ce chemin empli de ténèbres. Comment puis-je choisir, entre l'honneur et la « famille » ? Un désespoir profond rempli tout mon être, je sens mon cœur se refroidir sous l'effet de ton regard. Mon âme se noircit à l'idée de venger notre honneur, en tuant le seul être qui me reste en ce bas monde. Comment puis-je tuer une personne, qui est pour moi plus qu'un frère ? Comment puis-je le tuer, lui, qui m'a toujours accompagné, même après ta mort, mon cher oncle. Cette mort qu'il a lui-même causer ! *(Porte ses mains à son cœur d'un air désespéré, de souffrance)* Oh mon cher oncle, mon cœur éclate à l'idée de te venger en le tuant, et en répandant son sang sur ta tombe. Je ne peux vivre sans lui, mais, le poids de ton regard me pèse chaque jour qui passe, que faire ? Comment pourrais-je me déclarer droit et vertueux, et ainsi digne de vivre, si je ne venge pas ta mort ? Ma culpabilité ne cesse de me ronger de l'intérieur, si j'étais arrivé plus tôt, peut-être aurais-je pu empêcher cette tragique fin ? Je t'en prie mon oncle, de mes pêchés je te prie de me pardonner, mais le tuer je ne puis. Trop de sang a déjà coulé, et je ne désire point être la source d'autres malheurs *(il ferme les yeux et détourne le regard de la tombe le bras tendu vers celle-ci, faisant signe que cela suffit)*. Comment pourrais-je vivre ainsi, sachant que cela ne s'arrêtera jamais ? J'erre tel un fantôme dans ce cimetière, suivi des ombres de la nuit *(il regarde les autres tombes qu'il montre d'un lent mouvement de bras, on entend au loin des croassements de corbeaux. Il tourne de nouveau son regard vers la tombe de son oncle).* Je sens la rage et le désespoir remplir tout mon être, cherchant des réponses auprès de ton cadavre, ne sachant réellement si mes paroles monteront jusqu'aux cieux, là où tu demeures auprès du Seigneur... *(Lève la tête vers le ciel d'un air perdu, rêveur, puis tout d'un coup, réagi comme si on lui donnait un coup de poignard)* Quelle torture ! *(Enlace son corps et crie de souffrance)* Je ne sais plus quoi penser, ni quoi faire, je souffre horriblement de ces sordides pensées. Mon corps tout entier est dévoré d'obscènes flétrissures ! *(Tombe à genoux devant la tombe, la respiration saccadée)* Mon défunt oncle, je t'en prie ! Dis-moi ce que je dois faire ! Comment faire en sorte d'arrêter ses atroces souffrances, qui me torturent chaque nuit ?! *(Il crie se tournant vers le ciel)* Je sens la tentation de le tuer grandir à chaque moment qui passe. Si je le tue, est-ce que cela mettra enfin un terme à toutes mes souffrances ?! *(Serre les poings, jusqu'à se faire saigner)* Je sens l'emprise de la mort, me serrer de plus en plus dans ses bras. *(Il prend une poignée de terre de la tombe de son oncle, qu'il fait retomber tout en la fixant d'un air perdu, puis après un certain moment il réagit comme s'il avait eu une révélation)* Il le faut ! Oui...à mon grand malheur cela est décidé. Mon cher oncle, bientôt j'espère vous rejoindre, même si cela n'est pas mon destin. Il doit mourir, certes, mais c'est un pêché dont je ne peux point me repentir, mais cela est décidé. Il doit mourir, pour notre honneur, pour toi mon oncle, il doit mourir. *(Tout en fixant la tombe d'un air sérieux et résigné, puis sourit légèrement et déclare en regardant le ciel)* Haha... Regarde-moi mon oncle, regarde-moi péricliter petit à petit dans les Enfers, oui, car aujourd'hui, le diable s'en est mêlé...

Acte V, Scène 1
Marquis Belgmor, Jeyna et le Diable

Le Marquis Belgmor arrive au Manoir de sa fille, Jeyna, qui l'a fait venir pour lui parler, s'en suit une conversation à la tournure inattendue...

Jeyna

Bonjour père.

Marquis Belgmor

Ah ! Ma très chère fille, alors de quoi voulais-tu donc me parler ?

Jeyna

Patience père. Avant cela, j'aimerais tout d'abord porter un *toast (prend deux coupes remplies d'un liquide ambré).*

Marquis Belgmor *(prend l'une des coupes)*

Et à quoi donc ma fille ?

Jeyna

À notre famille et à sa prospérité future !

Marquis Belgmor

Alors trinquons ! *(Porte la coupe à ses lèvres)*

Jeyna

Voilà, parfait. *(Recrache le liquide de la coupe dans celle-ci)*

Marquis Belgmor

Comment ? Mais dis-moi, pourquoi as-tu donc craché ce breuvage ? On porte un toast voyons, sans compter qu'une lady... *(Porte ses mains à sa gorge avec une expression de douleur faisant tomber sa coupe sur le sol, celle-ci se brisant et répandant le reste du liquide ambré sur le sol)*

Jeyna

Voyez-vous père, moi, contrairement à vous je ne suis pas assez stupide pour voir un breuvage qui ne devrait pas être bu. Surtout quand on ne sait pas ce que c'est, comme c'est votre cas bien évidemment.

Marquis Belgmor

Oh mon cœur ! Qu'est-ce que ?! Qu'y....qu'y avait-il...dans ce breuvage ?... Jeyna...que m'as-tu donc fait ?...

Jeyna

Oh rien de très élaboré, juste un breuvage de ma conception. Un petit mélange d'herbes aromatique et d'agrumes pour donner du goût, avec quelques gouttes d'extrait de sève de « Lumen Tidish », une plante assez rare et toxique, qu'on ne trouve qu'au Nord-Est de l'Amérique Latine, leur nombre étant assez restreint. J'ai découvert cette plante lors de votre voyage d'affaire là-bas où je vous avais accompagnée, il y a de cela quelques mois. D'après ce que m'a dit un habitant local, qu'en nous y étions, cette plante serait... mortelle. Mais ne vous inquiétez pas, j'ai déjà essayé ce breuvage sur le chien, vous de devriez pas en souffrir. Enfin... pas trop...

Marquis Belgmor

Pour... pourquoi ma fille ?... Pourquoi vouloir... me tuer... *(Agonisant)*

Jeyna

Allons espèce de canard boiteux au cerveau confit... Réfléchissez un peu pour une fois dans votre vie, quelle raison j'aurais de vous tuer ?

Marquis Belgmor

Ne me dit quand même pas que tu fais tout ça pour la récompense de la Reine Victoria ?

Jeyna

Bingo ! Vous n'êtes pas aussi stupide que ce que je pensais finalement père, il vous reste quelques trucs à ce que je vois.

Marquis Belgmor

Jeyna...cette récompense, pourquoi la veux-tu donc autant ? Au point de te pousser à me tuer, moi, ton cher père ?

Jeyna

Mon cher père ? Haha, rien que ceci sonne faux déjà. Cela fait longtemps que tu n'es plus rien pour moi, il y a des lustres déjà que tu as perdu ton... « âme de père ». Quant à cette récompense, cela sera pour moi un moyen de prouver à tous ces misérables aristocrates qu'il ne faut pas sous-estimer une femme. Nous sommes depuis bien trop longtemps discriminés. Il est temps pour moi d'être sur le devant de la scène et maintenant que vous allez mourir, cela est possible, enfin...

Marquis Belgmor

Jeyna... Comment peux-tu dire une telle chose ?... Je t'ai tout donné, absolument tout... *(commence à vaciller, les jambes tremblantes et se tenant au canapé d'une main)*

Jeyna

Là est le souci mon père. Vous ne vous êtes jamais réellement soucié de moi et de ce que je ressentais. Vous avez toujours cru que dans la vie que tout pouvait s'acheter, même l'amour de votre propre fille. Il est temps maintenant que cela change, une bonne fois pour toute...

Marquis Belgmor

Jeyna... Je t'en prie... Écoute-moi...

Jeyna

Taisez-vous, ce qui est fait est fait de toute façon. Je ne peux plus rien faire pour vous, vous êtes condamné à présent. Quant à moi, je vais enfin pouvoir avoir tout ce dont je rêvais depuis des années, je vais enfin pouvoir... renaître... *(commence à partir)*

Marquis Belgmor *(tombe sur le sol, et tend maladroitement le bras vers Jeyna)*

Jeyna, je t'en supplie... Sauve-moi...

Jeyna

Adieu père, je vous souhaite un bon séjour dans l'autre monde *(sort de la salle)*

Marquis Belgmor

Jeyna !... Heu ! Heu ! *(S'étouffe, et crache du sang)*

Entrée du Diable

Le Diable *apparaît, sortant de l'ombre*

Eh bien, eh bien... Quel pathétique spectacle que voilà, c'est vraiment pitoyable. *(Dit-il avec un ton de mépris)*

Marquis Belgmor *(se retourne vers la voix)*

Qui... qui est là ?... Qu'est cette voix ?...

Le Diable

Voyons mon cher Marquis, ayez un peu de décence je vous prie. Vous allez mourir, alors autant que cela soit avec dignité. *(Passe derrière le canapé tout en le caressant du bout des doigts d'un air machiavélique)*

Marquis Belgmor

Que... Quoi ?... Mais... qui êtes-vous ?

Le Diable

Oh mince ! C'est vrai, j'ai omis de me présenter, excusez-moi pour mon impolitesse. Je me présente, je suis... le Diable... *(dit-il avec un ton bourgeoise tout en faisant une superbe révérence).*

Marquis Belgmor

Comment ?... Le Diable ? Impossible... Ce n'a peut-être là qu'une plaisanterie. Kof kof !

Le Diable

Voyez-vous ça, vous croyez en l'existence du Seigneur mais pas en la mienne que c'est étrange... En tant que pur catholique, vous devriez logiquement croire en moi, n'est-ce-point ?

Marquis Belgmor

Mais... Si c'est vrai, qu'est-ce-que... heu ! Heu ! *(S'étouffe de nouveau)* Qu'est-ce-que... vous faîtes là ?

Le Diable

Eh bien...voyez-vous, cela fait longtemps que je surveille depuis les ombres votre famille et celle des Malln. En fait, je dois dire que je m'ennuie à en mourir en bas. Je suis peut-être le Diable mais à part les autres démons et les âmes damnées, je ne peux pas dire que je vois grand monde... C'est pour cela que je monte souvent dans votre monde pour me... divertir. C'est bien plus intéressant de corrompre de pauvres humains mortels dans votre genre que de torturer des âmes damnées qui ont perdu tout... intérêt.

Marquis Belgmor

Attendez... Vous avez parlé de corrompre... vous voulez dire que c'est vous le responsable... ma petite Jeyna... le Comte Leroy... C'était vous ?...

Le Diable

Tout à fait monsieur le Marquis. Je dois même dire que la mort du Comte Leroy était un des plus beaux moments, voir ce misérable Jack plantait son épée dans le cœur encore battant du Comte. Haaa... c'était tellement beau... J'ai pris un malin plaisir à le forcer à tuer le Comte, le petit Patrick aussi... Je sens que je vais adorer la mort de cet hérétique de Jack...

Marquis Belgmor

Comment ça sa mort ?

Le Diable

Voyez-vous le petit Patrick était très torturé sur ce qu'il devait faire. Venger son oncle et tuer Jack ou ne rien faire et vivre dans le déshonneur pendant plusieurs générations ? Gros dilemme... *(D'un ton moqueur)*

Marquis Belgmor

Qu'avez-vous fait ?

Le Diable

Disons que je l'ai... guidé vers la voie qu'il devait suivre. Qui n'est autre que le mort de ce misérable Jack...

Marquis Belgmor

Non...comment avez-vous osé ? Attendez... Jeyna... il faut que je la prévienne... *(Commence à ramper sur le sol, n'arrivant pas à se lever)*

Le Diable

Tututut ! Désolé monsieur le Marquis, mais je ne peux vous laisser faire ça... *(Pose son pied sur le dos du Marquis pour l'empêcher de bouger se baissant pour lui parler)* Voyez-vous, j'ai eu beaucoup de mal à fomenter tout cela et je serais pour ainsi dire assez... agacé si vous tentiez quoi que ce soit.

Marquis Belgmor

Je ne vous laisserais pas faire... *(Sa voix se faisant de plus en plus faible)*

Le Diable

J'ai bien peur que vous y soyez obligé, allons regardez-vous, vous n'arrivez même pas à bouger. Vous êtes au bord de la mort, alors pourquoi vous ne vous asseyez pas à côté de moi sur ce splendide canapé, pour que nous puissions discuter tranquillement, avant que ne partiez pour de bon. Cela serait une meilleure occupation du précieux temps qui vous reste, n'est-ce pas ? Allons venez *(enlève son pied et prend le marquis par le bras afin de le poser sur le canapé avant de s'asseoir à côté de lui).*

Marquis Belgmor

Comment... pouvez-vous donc prendre plaisir à corrompre des gens et les obliger à commettre l'irréparable... et en voir d'autres tuer... tout ça pour votre simple divertissement ? Comment ?...

Le Diable

Voyez-vous, quand vous êtes immortel et que vous avez vu et vécu toutes les époques et grands événements du monde, vous arrivez à un point où plus rien n'a d'intérêt à vos yeux et où même la personne la plus drôle du monde, n'arrive même plus à vous divertir. C'est pour cette raison, qu'il y a quelques siècles de cela, je suis monté dans ce monde. Et que j'ai plongé dans l'abysse la toute première famille que j'ai rencontrée. J'ai ainsi pu découvrir un nouveau plaisir.

Marquis Belgmor

Qui était-ce ?...

Le Diable

Peu importe. Cela n'a point d'importance. Voulez-vous une tasse de thé, monsieur le marquis ? *(Se lève prendre une tasse, un verre, une théière et une bouteille opaque, ramène et pose le tout sur une petite table à côté du canapé. Remplit la tasse de thé, et le verre du liquide contenu dans la bouteille, c'est du vin rouge. Tend la tasse que le marquis prend maladroitement, en tremblant, et prend son verre qu'il déguste délicatement)*

Marquis Belgmor

Vous êtes horrible et machiavélique.

Le Diable

Merci monsieur le Marquis. Cela me va droit au cœur.

Marquis Belgmor

Comment pouvez-vous... Oh mon cœur ! Heu, Heu ! Seigneur, de l'eau ! *(Tombe par terre en agonisant)*

Le Diable

Ah. C'est assez décevant. Je m'attendais à une meilleure mort que ça, surtout pour un Marquis. Tant pis je devrai m'en contenter *(s'approche du cadavre du Marquis pour le sentir)*. Décidément, sa mort est décevante en tout point, il ne sent même pas le macchabée, c'est sûrement encore trop tôt. Pourtant ce poison était censé accéléré le processus, étrange... Il faudra que j'évite de faire la même erreur la prochaine fois, enfin ... *(Regarde sa montre à gousset)* Oh mince ! C'est déjà l'heure, il faut que j'y ailles, il ne faudrait pas que je rate ça *(se lève)*. Monsieur le Marquis c'était un plaisir, on se reverra en Enfer *(fait une révérence et mouvement de la main à la tête comme s'il portait un haut-de-forme puis *sort de la pièce par là où il était apparu, disparaissant dans les ombres).*

Acte V, Scène 2
Berta, Jeyna, Vicomte de Dorin, Reine Victoria, Le Diable

Berta sort de la demeure, encore sous le choc de ce qui s'est passé ce soir, surtout après avoir vu le corps de son maître le Marquis sur le sol les yeux injectés de sang et la peau du visage violacée.

Berta

Mon dieu, le Marquis, quelle horreur ! J'aurai son visage injecté de sang dans la mémoire pour toujours. Miss Jeyna est devenu complètement folle !

Entrée du Vicomte de Dorin accompagné de soldats.

Vicomte de Dorin

Bonsoir Berta, comment on se retrouve.

Berta

Monsieur le Vicomte ? Avec des soldats ? Qu'est-ce que cela signifie bon dieu ?

Vicomte de Dorin

Ne faites pas l'innocente Berta vous savez très bien pourquoi je suis là.

Berta *(attrapée par les soldats)*

Mo...Monsieur le Vicomte je jure devant Dieu que je n'ai rien à avoir avec tout ça *(ton plaintif)*, j'étais contre depuis le début. Miss Jeyna et Monsieur le Marquis...j'ai tenté de les en empêcher mais ils n'ont rien écouté. C'est cette récompense qui leur a fait perdre la tête.

Vicomte de Dorin

Pas la peine de justifier ce qu'ils ont fait Berta, ni même d'essayer de vous expliquer, ni de vous faire pardonner d'ailleurs. Vous êtes autant coupable qu'eux dans cette machination.

Berta

Monsieur le Vicomte...je...je vous en prie...tout mais pas la corde messire, je vous en supplie. Je le jure sur Dieu...je n'ai rien à voir dans tout ça *(bégaye)*...

Vicomte de Dorin

Votre sort ne dépend plus de moi de toute manière mais du bon vouloir de la Reine.

Jeyna arrive

Jeyna

Berta ?!... Mais que se passe-t-il donc ici ?! Vicomte relâchez immédiatement ma servante et expliquez-vous, que signifie tout ceci bon sang ?!

Vicomte de Dorin

Votre petit jeu est terminé Jeyna, je suis là pour mettre un terme à tous vos agissements à vous et votre père. Chère Jeyna, préparez-vous à aller en prison, je suis sûr que vous allez apprécier le confort de la tour de Londres *(sarcastique)*.

Jeyna

Comment osez-vous je n'ai absolument rien fait ! Et Berta non plus ! Libérez-la ! Le seul responsable est mon père, il a tué le Comte Leroy et s'est suicidé après, vous n'avez qu'à aller voir par vous-même, vous pourrez voir son corps étendu dans le salon.

Mon père ne supportait pas que le Comte reçoive la récompense de la Reine à sa place.

Vicomte de Dorin

Arrêtez votre baratin vous savez très bien comme moi que la Reine n'a envoyé qu'une lettre c'est-à-dire au Marquis Belgmor. Le Comte Leroy n'en a reçu aucune, c'était sûrement une fausse, un tour de sa part pour vous jouer de vous et il l'a payé de sa vie.

Jeyna

Mais qu'est-ce que vous racontez ! La Reine était là vous l'avez entendue ! Elle l'a dit que c'était celle du Comte la véritable lettre, que c'était lui le conseiller ! Vous et votre femme pouvez en attester vous étiez-là !

Vicomte de Dorin

Ce que vous dites n'a absolument aucun sens Jeyna car la Reine n'a pas quitté le palais de Buckingham.

Jeyna

Mais comment pouvez-vous dire ça ! *(Commence à s'énerver)*

Reine Victoria *(rentre sur scène, escortée de deux gardes, dans une tenue différente de la Reine qui se trouvait au dîner)*

Car je suis là.

Jeyna

Votre Majesté ! Mais qu'est-ce que...

Reine Victoria

Chère Lady Jeyna vous me décevez énormément, nous savons déjà que vous avez aidés votre père pour le meurtre du Comte. Quant à ce dîner je n'y ai pas assisté contrairement à ce que vous affirmez.

Jeyna

Mais le Vicomte était là lui-aussi il peut vous le dire ! Je ne suis pas folle vous étiez là ! *(Crie de plus en plus fort)*

Reine Victoria

Lady Jeyna, je n'ai quitté Buckingham que ce matin et c'est uniquement parce que le Vicomte m'avait informé de ces soupçons après cette réception et le drame qui a suivi. Il m'avait informé de la situation avant même d'y aller, trouvant étrange que le Comte Leroy invite son ennemi de toujours le Marquis Belgmor ainsi que sa détestable fille et son affreux fiancé.

Jeyna

Votre Majesté, je...

Reine Victoria

Allez-je vous en prie, expliquez-moi comment vous avez pu me voir alors que je n'étais pas là.

Jeyna

Je... je... *(bégaye)*

Reine Victoria

Très bien, dans ce cas...soldats ! Emmenez là, peut-être qu'un petit séjour à la tour de Londres lui rafraîchira les idées.

Jeyna *(se fait attraper les bras par les gardes royaux)*

Non ! Il en est hors de question ! Je ne suis pas folle je sais ce que je dis. Ne me dites quand même pas que j'ai tué mon père pour rien ! Ça fait des lustres que j'attends de pouvoir avoir ma chance d'accéder au pouvoir, il n'est pas question que j'abandonne ainsi, je n'ai pas fait tout ça pour me retrouver en prison ! Dites leur Vicomte ! Je ne suis pas folle et vous le savez dites-leur misérable cafard ! Vous n'êtes qu'un déchet ! Lâchez-moi je suis la fille du

Marquis Belgmor, je vous ordonne d'enlever vos sales pattes ! *(Se débat violemment)*

Vicomte de Dorin

Emmenez-la ! Votre Grâce que devons-nous faire de la servante ?

Reine Victoria

Relâchez-la, elle n'est coupable que de complicité et ce n'est pas comme si elle avait eu le choix. Qui plus est nous avons déjà eu le cerveau du complot cela suffit amplement pour le moment.

Vicomte de Dorin

Très bien comme vous voudrez Votre Majesté. Soldats relâchez-la ! *(Claque des doigts)*

Jeyna

Berta ! Dites-leurs de me lâcher ! Aidez-moi bon dieu !

Berta

Désolé madame, vous n'avez que ce que vous méritez, comme votre père.

Jeyna

Comment peux-tu dire ça maudite servante ! Mon père vous faisiez confiance ! *(Folle de rage)*

Berta

C'est vrai, ce qui fait que je sais tout, l'incendie dans la demeure des parents du pauvre Patrick, c'était son œuvre ! Tout ça parce que son père était devenu son ennemie pour sa quête du pouvoir. Mais il y aussi la mort de votre oncle à la chasse et j'en passe ! Feu votre père n'était qu'un monstre, un assassin, il n'a eu que ce qu'il méritait si je puis me permettre. Quant à vous... Désolé madame, je vous appréciais beaucoup mais vous êtes devenus totalement folle... Adieu madame.

Jeyna

Berta ! Revenez ici misérable souillon, sale traînée je vous ordonne de m'aider ! BERTAAA !!! *(Berta s'en va)*

Reine Victoria

Bien maintenant que ceci est fait je pense que je vais y aller, il commence à faire froid. Bonne soirée Vicomte (*s'en va*).

Vicomte de Dorin

Bonne soirée Votre Majesté. Bien il semblerait bien que vous vous retrouviez toute seule à présent. J'espère ne plus jamais vous revoir *my lady*.

Le Diable *(apparaît dans l'ombre)*

Adieu chère Jeyna, ce fut un plaisir haha *(fait un geste d'au revoir de la main avant de disparaître dans l'ombre tel un fantôme)*.

Jeyna *(le voyant)*

Qu'est-ce que ?...

Vicomte de Dorin

Soldats emmenez-là ! Que cette femme pourrisse au cachot et qu'elle reçoive l'accueil qui lui est dû *(s'en va)*.

Acte V, Scène 3

Jack et Patrick

Jack invité par Patrick se rend au Manoir des Leroy, alors qu'il entre dans le vestibule il se fait directement accosté par Patrick.

Patrick *(descend en courant les escaliers)*

Jack !

Jack *(avant qu'il ne puisse réagir Patrick fonce sur lui tout en le frappant à la figure avec le poing)*

Qu'est-ce que... !

Patrick

Comment as-tu osé misérable pourriture ?! Réponds ! *(Pleure, les yeux injectés de rage)*

Jack

Patrick ? Mais tu es malade pourquoi tu as fait ça ? *(Crie tout en se relevant)*

Patrick

Ne me prends pas pour un idiot je t'ai vu tuer mon oncle ! Traître ! *(Dégaine son épée)*

Jack

Patrick calme-toi je peux tout t'expliquer.

Patrick

Tais-toi ! Tu ne m'embobineras pas pourriture ! *(Fait une estoque pour blesser Jack mais celui-ci évite)*

Jack

Arrête-toi un peu et écoute-moi !

Patrick

Non ! Le temps où je t'écoutais est fini, dégaine ton épée et bats-toi jusqu'à la mort !

Jack

Hum. Très bien, si tu insistes *(dégaine son épée)*. Réglons donc nos comptes ici et maintenant.

Patrick

Va en enfer ! *(Se lance vers Jack l'épée pointée vers lui, s'en suit un court duel avant que Jack ne se fasse désarmer et tombe sur le sol, Patrick pointant son épée sur son cou)*

Jack

Tu as gagné. Et bien alors vas-y ! Tue-moi une bonne fois pour toutes tu n'attends que ça.

Patrick

Pourquoi ?

Jack

Pourquoi quoi ?

Patrick

Pourquoi lui as-tu fait ça ?! Pourquoi nous as-tu trahis ?!

Jack

Si ton idiot d'oncle m'avait écouté cela ne se serait pas produit. Il aurait pu rester en vie s'il avait daigné me laisser parler au lieu de foncer sur moi épée à la main comme un sauvage.

Patrick

Tu es un monstre, un traître…

Jack

Patrick mais bon dieu quand vas-tu arrêter avec ça ?! Je suis loin d'être la pire personne au monde. J'ai fait ce qui était nécessaire pour ma famille et je ne m'en excuserai pas que Dieu m'entende ! Alors maintenant tue-moi une bonne fois pour toute au lieu de faire tout ce spectacle !

Patrick *(tremble des mains tout en baissant lentement son épée)*

... Pars.

Jack

Je te demande pardon ?

Patrick

Fous-moi le camp je t'ai dit ! Je ne veux plus jamais te revoir en ces lieux est-ce bien clair ?! Je ne peux te tuer, je ne le supporterai pas, mais sache que si tu reviens je n'hésiterai pas à tout raconter à la royauté, maintenant hors de ma vue ! A partir d'aujourd'hui pour moi tu es mort Jack.

Jack

Soit. Si c'est ce que tu veux. Je m'en vais, adieu (*sort de scène*).

Patrick

Adieu *(laisse tomber son épée sur le sol)*.

Acte V, Scène 4
Patrick, Jack et le Diable

Après le départ de Jack le Diable va apparaître, sortant de l'ombre, s'approchant de Patrick.

Le Diable

Mais regardez-moi cet imbécile fini !

Patrick

Vous ? Mais... vous êtes l'ombre que j'ai vu.

Le Diable

Quelle belle déduction waouh, je suis sidéré. Pour être plus précis je suis ton père, enfin son fantôme, j'étais venu « admirer » la mort de cet idiot de Jack qui a tué mon cher frère mais j'ai été quelque peu déçu. Peux-tu donc me dire ce que tu as foutu triple idiot !?

Patrick

Père ? Que fais-tu là ? Que veux-tu dire ?

Le Diable

Je suis venu te dire ce qu'il faut faire. Alors réponds-moi *(attrape violemment Patrick par le col)* Pourquoi... ne... l'as-tu pas... tué ?! C'est clair non ?

Patrick

Je ne pouvais pas...

Le Diable

Mais quel imbécile ! *(Crie tout en poussant Patrick par terre)* Il fallait le tuer ! Cet homme a tué ton oncle, ta seule famille ! Et toi tu le laisses partir comme ça, voguer à sa belle vie d'aristocrate avec sa jeune et tendre femme Jeyna. Pendant que les deux continueront à vivre une sulfureuse passion amoureuse, môsieur lui va se morfondre sur son sort. C'est ça que tu veux ?

Patrick *(toujours par terre)*

Je...

Le Diable

Mais réponds espèce d'incapable ! Préfères-tu donc cet homme sans scrupule qui t'as arraché ta seule famille à ton pauvre et défunt oncle ? Es-tu stupide au point de laisser échapper celui qui a tué la personne qui t'as recueilli petit ? Es-tu donc bête à ce point !? Au point d'abandonner ta famille !

Patrick

Je ne peux le faire. Je ne me le pardonnerai pas.

Jack rentre de nouveau sur scène désirant parler avec Patrick il voit celui-ci parler avec un homme en costume noir

Le Diable

Je vais finir par le taper cet idiot ! Te rends-tu compte à quel point cela est stupide ! TUE-LE ! Ce n'est pas compliqué ! Tu ne souhaites donc pas venger la mort de ton oncle ! Tuer cet homme foncièrement mauvais qui a brisé ta famille !

Patrick

Je...

Jack

Patrick ! Que se passe-t-il ici bon sang !

Patrick *(se lève rapidement)*

Jack ! *(Regarde en va et vient le Diable et Jack)* Je... je peux tout t'expliquer. Cet homme... c'est mon père, enfin, son fantôme. Il m'est apparu plusieurs fois ces temps-ci. Et de nouveau là quand je t'ai laissé partir. Il essayait de me persuader de te tuer, que c'était la meilleure chose à faire, te tuer, toi, qui a assassiné mon oncle. Mais je ne sais pas...

Jack *(prenant Patrick dans les bras)*

Ne t'inquiète pas tu as eu raison, tu as fait ce qu'il fallait, tu n'es pas quelqu'un de mauvais. Quant à vous ! *(Lâche Patrick et se dirige vers le Diable)* Je ne sais pas qui vous êtes vraiment, mais je ne crois pas aux fantômes et ce qui est certain c'est que vous n'en êtes pas un *(dégaine son épée)*.

Patrick

Pourquoi être revenu Jack ?

Jack

Je souhaitais discuter avec toi, et je vois que j'ai bien fait de revenir.

Le Diable

Quel mélodrame, l'homme qui a tué l'oncle de son meilleur ami vient tel un faux prince sur son cheval blanc pour se faire pardonner. Patrick tu sais ce que tu dois faire, écoute ton cher père.

Patrick

Dis-moi Jack pourquoi tout ça ? Pourquoi tuer mon oncle ? Quel est la vraie raison qui t'as poussé à le tuer ?

Jack

C'est de l'histoire ancienne *(les yeux toujours fixé sur le Diable)*.

Patrick

Je désire savoir !

Jack

Tu veux savoir quoi de plus, à part que ton oncle n'était qu'un misérable petit rapace sans scrupule. Il a volé jusqu'au moindre sous de mes parents et c'est pour ça qu'ils se sont retrouvés privés de leur demeure et de leurs terres. Ce n'était qu'une vermine comme on en a jamais fait. Il a mérité de mourir. Ce n'était pas quelqu'un d'acceptable.

Patrick

Je vois, tu as donc tué mon oncle pour te venger *(se baisse pour ramasser son épée)*.

Jack

C'est de l'histoire ancienne comme j'ai dit, maintenant occupons-nous de ce soi-disant fantôme tu veux bien.

Patrick

Père ?

Le Diable

Oui ?

Patrick

Selon-vous la vengeance est-il un mobile raisonnable ? *(D'un air pensif tout en baladant son épée dans ses mains)*

Le Diable

Tout dépend du point de vue *(déclara-t-il un sourire innocent aux lèvres).*

Patrick

Je pense aussi.

Jack

Patrick dépêche on n'a pas que ça à faire.

Patrick

Oui, tu as raison finissons-en *(s'approche de Jack épée à la main qu'il transperce de celle-ci de part en part dans le dos)*. Je te remercie pour tout Jack, malheureusement cette fin était inévitable *(enlève lentement son épée avant d'aller se ranger aux côtés du Diable)*.

Jack *(agonisant et s'écroulant à genoux sur le sol)*

Patrick qu'est-ce que...

Patrick

Tu as tué mon oncle pour te venger, il était normal que je te tue pour le venger. Maintenant meurt *(enfonce délicatement son épée dans la gorge de Jack, avant de la retirer tout aussi lentement, Jack s'écroule au sol, mort)*. Cela est finit, adieu.

Acte V, Scène 5

Patrick et Le Diable

Le Diable éclate de rire devant un Patrick incompréhensif.

Le Diable

Mon cher et tendre Patrick que tu es divertissant hahahaha !

Patrick

Père qu'avez-vous ?

Le Diable

Vous les humains êtes tellement bête haha !

Patrick

Comment ça expliquez-vous père ?!

Le Diable

Espèce d'imbécile je ne suis pas ton père, tu ne l'avais toujours pas compris.

Patrick

Mais qui êtes-vous alors ?!

Le Diable

J'ai eu bien des noms à travers les siècles mais on me connaît surtout sous le nom de « Diable » *(fait une révérence théâtrale).*

Patrick

Le Diable ?! Mais... mais... comment cela est possible ?!

Le Diable *(se prépare une tasse de thé)*

J'admets que cela peut paraître déroutant que l'on puisse être idiot au point de croire en ce que notre paternel mort nous rende une petite visite. Quelques petites explications s'imposent je suppose *(s'assoit sur le divan de l'entrée)*. Alors vois-tu mon Patrick, cela fait déjà un bon moment que je t'observe, bien avant la mort de ton oncle d'ailleurs. En parlant de ton oncle que c'est drôle que ce tocard et pu croire un seul instant que la lettre de la Reine pour le titre de Conseiller lui était destiné haha.

Patrick

Que voulez-vous dire par là ?

Le Diable

Voyons, c'est moi qui ai écrit la lettre que ton oncle avait reçu. La vrai c'était celle du Marquis. Au fait, j'y pense ! Je te prie de retransmettre de nouveau mes félicitations à votre chef cuisinier, ce veau au caramel que vous nous aviez servi ce soir-là était succulent.

Patrick

Je vous demande pardon ?

Le Diable

Je me demande si la Reine, enfin, la vraie je veux dire, l'aurait autant apprécié que moi. Faut dire que je n'ai pas souvent l'occasion de goûter des mets si délicieux en bas.

Patrick

Vous n'êtes qu'une misérable pourriture ! Je vais vous régler votre compte dès maintenant *(s'avance vers le Diable épée à la main)*.

Le Diable

Allons allons soit un peu gentleman mon cher Patrick et laisse-moi finir.

Patrick

Alors dites-moi. Dites-moi... pourquoi... pourquoi avoir fait tout ça ?!

Le Diable

Mais dans le simple but de me divertir voyons quelle question. Je m'ennuie tellement chez moi, voilà pourquoi j'aime bien monter à la surface chez vous les humains. Il est tellement aisé de vous manipuler sans que vous vous en rendiez compte, tellement simple de vous faire faire ce que l'on vous demande tout en ayant l'impression que vous agissez de votre propre chef. Je me suis tellement amusé à tirer les ficelles. Je revois encore le jour où votre maison a brûlé emportant tes parents dans les flammes. C'était...magnifique, entendre leurs cris était un moment de jouissance absolue tel que je n'en ai connu. Ruiner les parents de Jack jusqu'à les mener à la misère et au suicide était divertissant aussi mais beaucoup moins que pour tes parents.

Patrick *(lâche son épée et attrape violemment le Diable par le col qui fait tomber sa tasse sur le sol en rigolant)*

C'est vous... c'est vous qui les avait tués misérable crapule.

Le Diable

Oh je ne m'en attribue pas tout le mérite, faut dire que sur ce coup-là le Marquis Belgmor m'a pas mal aidé. Tes parents lui devaient des sommes astronomiques et il les détestait, il m'a fallu de peu de choses pour le pousser à les envoyer à la mort. Mais tu t'en es sorti par surprise, j'ai donc vu là un nouveau moyen de me divertir convenablement hahaha.

Patrick

Démon ! Je vais vous faire payer tout cela *(lâche le Diable qu'il pousse sur le divan avant de récupérer son épée et de la lui planter dans le thorax)*

Le Diable *(mimant la mort avant d'éclater de rire)*

Allons Patrick, tu ne pensais tout de même pas m'avoir aussi facilement. Penses-tu donc que tu pourras échapper aussi facilement à tes péchés ? Hahahaha ! Mon cher petit Patrick, tu es aussi monstrueux que moi *(Patrick retire l'épée et recule)*. Je n'ai fait que vous poussez à accepter votre part d'ombre et à la déchaîner. Tout ceci n'est que le résultat de votre noirceur intérieur, je n'ai fait que vous aidez à... l'extérioriser !

Patrick

Non...ce n'est pas possible...

Le Diable

Même Jack. Ce pauvre Jack, hahaha. En vrai il n'était pas responsable de ses actes, le pauvre croyait des choses qui se sont retrouvés fausses. Pour cela il a tué ton oncle et à finalement été tué à son tour de ta propre main. Mais ne t'en fais pas mon petit, cela lui a permis de se libérer de toutes les contraintes terrestres, lui permettant de rejoindre mon royaume. Néanmoins tu restes ma pièce maîtresse mon petit, sans toi rien n'aurait été possible et je t'en remercie.

Patrick *(laisse tomber son épée et prend sa tête dans les mains)*

Non... non... non ! Cela n'est pas possible vous mentez ! Je... j'ai tué Jack... je... tout ça... tout ça pour rien... je ne sais plus... *(s'écroule à genoux sur le sol)*.

Le Diable

On peut dire en effet que tu ne l'as tué pour rien, le pauvre chou, il aura atrocement souffert lui-aussi mais toi tu l'as tué, oui...tu l'as froidement tué. Et n'est-ce-pas là la preuve que tu es toi-même un démon ? Après tout, tout est de ta faute indirectement, comme ton oncle fut indirectement responsable du suicide des parents de Jack, lui qui fut finalement directement responsable du meurtre de ton oncle. Ce Jack était innocent en réalité mais malgré tout tu l'as quand même tué sans plus de raisons que ça écoutant les paroles d'un fantôme bien que tu ne pouvais te fier à lui. N'est-ce pas la preuve qu'au fond tu désirais le tuer, qu'au plus profond de ton être tu désirais sa mort, pourvoir l'enfourcher de ta fine lame de part en part telle une saucisse. Tu rejettes toute la faute sur moi mais n'es-tu pas finalement le seul responsable ? Après tout... Je ne t'ai forcé en rien, tu as toi-même choisi de le faire... De ton plein gré.

Patrick

Taisez-vous ! Cela ne peut être vrai... Je... je... suis désolé Jack, désolé pour tout. Mon oncle... désolé... je... je... Non... pourquoi... pourquoi ?! *(Crie tout en se tenant la tête et éclatant en sanglots)* Ce poids est trop lourd, je ne pourrai pas *(prend son épée avant de se la planter dans le ventre et de se transpercer)*. Attendez-moi... Jack... mon oncle... père... mère... je vous rejoins... *(S'écroule sur le sol, les yeux clos, le visage serein)*

Le Diable

Bien, voilà qui est fait hahaha... Je peux rentrer à présent, tout ceci fut des plus divertissant, je ne regrette pas d'être venu ! *(Reprend une nouvelle tasse de thé qu'il boit délicatement avant de la poser sur la table et de disparaître dans les ombres (sort))*.

Acte VI, Scène 1
L'Auteur

L'auteur rentre finalement sur scène pour raconter ce qui s'est passé à la suite de ce pour ainsi dire carnage et de l'arrestation de Jeyna et Berta.

L'Auteur

Les deux candidats à la place de Conseiller étant morts, le Comte et le Marquis, la Reine a finalement jeté son dévolu sur le Vicomte de Dorin pour qu'il devienne son Conseiller, pour le remercier de l'avoir aidé, servi et accompagné pendant tant d'années. Quant à Jeyna, celle-ci n'arrêtait pas de parler de la fausse lettre remise au Comte et de la présence de la Reine à la soirée des Leroy, alors que celle-ci était en fait chez elle dans son palais. Clamant que c'est le Diable depuis le début qui se joue de tout le monde. Mais selon les preuves c'était elle qui avait manigancé tout cette histoire, elle fut donc envoyée dans un hôpital psychiatrique en tant qu'aliénée mentale aux tendances meurtrières, sous camisole. Quant au Marquis et au Comte, ils furent tous les deux enterrés dans le cimetière de la ville de Norwich dans le Comté de Norfolk, pour ce qui est de Jack, étant donné les preuves accablantes il fut considéré comme coupable du meurtre du Comte et fut enterré dans une fosse commune. Patrick après avoir tué Jack pour venger la mort de son oncle le Comte se serait alors suicidé par désespoir après avoir vu son oncle et son meilleur ami partir. Il fut donc enterré dans le jardin de sa propriété, ancienne propriété du Comte, près du lac là où il s'installait pour dessiner. Quant à Berta, la gouvernante, elle partit finir tranquillement ses vieux jours dans une maison de retraite à Londres, n'étant coupable d'aucuns crimes à part de complicité mais étant trop vieille elle ne fut pas condamnée. Voilà comment cette tragique histoire s'achève. Chaque fois que le Diable remonte à la surface, le chaos se propage et quand ce dernier s'en mêle, le sombre orage du désespoir s'abat sur ceux qui deviendront ses prochaines victimes. Car le Diable, cet esprit malin, n'est finalement qu'une extériorisation de notre noirceur et de notre folie intérieure enfouie, à nous faibles humains. Et celui-ci finit un beau jour par se libérer pour se déchaîner...

FIN